小学館文庫

有限会社さんず
スーサイド・サポート・サービス

降田 天

小学館

Contents

有限会社さんず

スーサイド・サポート・サービス

第一話　コンビニエンスパーソン

またやった。コンビニのバックルームでできあいの弁当を食べながら、モニターで売場の様子をチェックしていた野中《のなか》は、顔をしかめて漬物をかみつぶした。

レジに立つ笹岡花《ささおかはな》が、渡そうとしたおつりを落とした。サラリーマン風の客が床にしゃがんで小銭を拾い集めるのを、花はただ突っ立って見ている。昼時とあって、レジの前には列ができている。もうひとつのレジを担当するバイトの正木《まさき》は知らん顔だ。

野中は箸を叩《たた》きつけて立ちあがった。売場に飛び出し、拾った十円と一円を丁重に客に手渡す。平身低頭して謝る野中の頭に、客の舌打ちが浴びせられた。

「もういいよ、二度と来ないし」

客は商品の入った袋をひったくるようにつかみ、花をにらみながら出ていった。首からさげた社員証は、このあたりではわりと大きな会社のものだった。社に帰った彼は、あそこのコンビニに行くのはやめとけと話すだろうか。それともSNSに書くだろうか。

いいですか、と次に並んでいた女が焦《じ》れた様子でレジのほうへ首を伸ばした。反応のにぶい花に先んじて、野中は「どうぞ！」と声を張りあげ、花を押しのけるようにしてレジに入った。順番を待つ客の視線が痛い。ついつい仏頂面になるが、どうせ店員の顔を見ている客などいない。

店舗の付近にはいくつかの中小企業があり、大学の一学部のみのキャンパスがある。住宅があり、種々の店があり、公園がある。〇〇街とひとくちに表現できない雑然とした地域では、コンビニを訪れる客層もさまざまだ。

それでも一般的な昼食の時間を過ぎると、客足はずいぶん落ち着く。十三時半を回ったいま、店内にいる客はまばらだった。

野中はおもむろに体ごと花のほうを向いた。

「笹岡さんさあ、さっきのはいったいどういうこと？」

小柄な花の体がたちまちこわばる。うつむくとあらわになる首筋のほくろさえも、縮こまって怯《おび》えているようだ。

「まさか、なんのことかわからないっていうんじゃないよね。おつり落としたでしょ、きみが。そんでお客さまが拾うのを、手伝いもせずにぼーっと見てたでしょ」

「……すみません」

「すみませんじゃないよ。お客さま、怒ってたよ。もう来ないって言われたんだよ。きみはしょせんバイトだから、この店がどうなろうと知ったこっちゃないんだろうけど、こっちはそうはいかないんだよ。きみのせいで店がつぶれたら責任とってくれるの？」

「……すみません」

「だからさあ」

野中は舌打ちをした。さっき客から浴びせられた舌打ちは、彼女が浴びせられるべきものだ。

コンビニの雇われ店長なんてろくなもんじゃない。店舗にもよるが、収入は低い、仕事は多い、休みは少ない、シフトが埋まらないときは休日返上で店に出なければならないし、売り上げが悪いと本部からうるさく言われる。おまけにれっきとした正社員にもかかわらず、四十五歳でコンビニ勤務というと世間からは侮られがちだ。

休憩行っていいっすかと隣のレジから訊《き》かれ、いいよと答える。コスパ重視の若いバイトは空気なんて無視するし、契約以上の労働をしようとはまずしない。子持ちは子どもの都合でちょくちょく休み、シニアはいつだって体が痛いとぼやいている。彼らの扱いには常に神経を使う。言いたいことは山ほどあるが、強く出て、やめられたら面倒だ。自分にしわ寄せが来たとしても我慢して、彼らに働いていただかねばならない。

その点、笹岡花は違った。

俳優として小劇団に所属する彼女は、生活費を稼ぐためにと、二年前に二十二歳でバイトとして入ってきた。俳優の仕事では食べていくどころか、収支は大きくマイナスなのだそうだ。だから一時間でも多く働きたいと言い、だれかが休んだ代わりに急な出勤を頼んでも嫌な顔ひとつしなかった。舞台で鍛えたよく通る声ではきはきと挨拶し、手が空けば棚を整頓したり掃除をしたりとみずから仕事を探した。

小さな体でよくがんばるものだと感心した。彼女の夢を応援してやりたいと思い、所属する劇団の公演チケットは少々無理をしても買ってやった。体が資本なのだからと、何度か食事をおごってやったこともある。花のほうも野中を頼りにしてくれているようで、ならば自分も腐らずにがんばろうと思えたものだ。

ところが、このごろの花はどうだ。

「ねえ、今日って暑いと思う、寒いと思う?」

野中の問いに、花は身を硬くしたまま答えない。「どっち?」

「……寒い、です」

「あ、それはわかってるんだ。そうだよね、十二月だもんね。ていうか、一回で返事してよ。で、寒いのがわかってるのに、ケースのなかに肉まんがこれだけしかないのはなんで？　ホットドリンクもずいぶん少ないみたいだけど」

「すみません」

「なんで、って訊いてるんだけど」

「お昼にたくさん売れて……」

「売れて？」

こちらの意図がわからないらしく、花は黙ってしまう。首筋のほくろをにらみながら、野中はいらいらと爪先を動かした。

「売れたらなくなるよね。そしたらどうするの？」

「……補充します」

「じゃあやれよ」

急《せ》かされてようやく花は動きはじめた。その動作は緩慢で、少しもやる気が感じられない。叱られてふてくされているのか。

この一年くらいで花はすっかり変わってしまった。以前なら、ミスをしたら素直に反省し、挽回《ばんかい》しようという熱意を見せたものだ。そもそもミス自体がいまほど多くはなかった。最近はさっきのようにおつりを落とす程度は日常茶飯事で、勤務シフトを忘れてすっぽかすことさえあり、そのたびに尻拭いをさせられるのは店長である野中だ。

「こっちも何度も言いたくないんだけどさ、笹岡さん、最近の勤務態度よくないよ。勤務時間の三十分前には来るように言ってるのに、いつも遅刻だよね。きみがほかの人と同じように来てちゃんと業務を開始できるなら、そんなに早く来なくていいんだよ。できないから言ってるんだからね。それに身だしなみ。清潔感が大事だっていつも言ってるはずだよ。うちはマニキュアもピアスも禁止じゃないけど、派手すぎるのはだめでしょ。きみは顔立ちが地味めだから、そういうのが悪い意味で目についちゃうんだよね。女優さんにとってはふつうなのかもしれないけど、一般常識で考えてよ」

カップ麺を物色していた若い男女が、ちらちらと非難がましい視線を投げてくる。野中が花をいじめているようにでも見えるのだろうか。冗談じゃない。花にも言ったとおり、説教なんてしたくてしているわけじゃない。

「笹岡さん、聞いてる？　聞、い、て、ま、す、か」

　はい、と花は蚊の鳴くような声で答えた。

「だから、返事は一回で。まったくどういうしつけをされてきたのか、親の顔が見てみたいよ」

「……すみません」

「おれはさ、お客さまに対して失礼だから言ってるんだよ。お客さまのため、店のため、そしてきみのためなんだ」

　花が事故に遭って救急搬送されたのは、その日の夕方のことだった。

　夜、六畳一間のアパートで寝転がってスマホをいじっていたところへ、警察から連絡があった。花のスマホに「店長」として野中の番号が登録されていたらしい。

　花はバイトの帰りに駅のホームから転落し、入ってきた電車にはねられた。緊急手術で一命は取り留めたものの、意識が戻っていないという。

　驚いて声も出ない野中に、警察官はさらに衝撃的な言葉を告げた。自分から電車に飛びこんだという目撃証言があるのだが、自殺しそうな原因に心当たりはないか、と。

　瞬間、帰り際にバックルームで見た彼女の顔が脳裏に浮かんだ。

　やめさせてください、と花は言ったのだ。思いつめ、勇気をふりしぼった様子だった。

野中はむろん一蹴した。こんな時期になにを言っているのだと叱った。クリスマスケーキとおせちの予約がすでに始まっている。それが終われば恵方巻《えほうま》き、そのあとはバレンタインチョコの販売に力を入れなければならない。この忙しいときにやめるなんて、迷惑にもほどがある。人手が足りなければ売れるものも売れないし、新しいバイトを募集するにも金がかかる。どうしてもやめるというなら、いままでに花が犯したミスの分も含めて損害賠償を請求するとも言ってやった。そのくらい脅さなければ、彼女には伝わらないのだ。

笹岡さんさ、夢を追うのもいいけど、少しは大人になりなよ。

花はあいかわらず聞いているのかいないのかわからない態度で、黙ってうつむいていた。野中はかねて伝えてあったクリスマスケーキの販売ノルマをあらためて告げ、達成できなければ自分で買い取るように言った。

花が電車にはねられたのはその帰りだ。自殺しそうな原因……。まさか、と首を振る。気づけば脇の下が冷たい汗に濡《ぬ》れていた。

ほとんど眠れずに朝を迎え、ふだんよりもやや早い時間に出勤した野中は、バックルームのドアを開けようとしてぎくりと立ち止まった。なかからバイトたちの話し声が聞こえてくる。

「やっぱ自殺だよ」

淡々と断定したのは、昨日、花がおつりを落としたときにもうひとつのレジを担当していた正木だ。警察がだれだれに連絡したのか知らないが、花の件は彼らにも伝わっているらしい。

花の代わりに朝からのシフトに入ってもらった安井《やすい》が、だよねと応じる。

「最近の笹岡さん、どう見てもやばかったもん」

「おれ、なにか薬飲んでるの見たことある」

「原因ってやっぱあいつ？」

「バイトしてるときの彼女しか知らないけど、主因のひとつではあるだろうね。あんだけいじめられたら、だれだって病むよ」

胃袋をぎゅっと引き絞られたようだった。ふたりが野中のことを言っているのは明らかだ。

「ひとりだけきつく当たられてたもんね。パワハラ？　モラハラ？　首筋とか太もものあたりとか、じーっと見つめてたから、セクハラもあったか。言いがかりみたいなのも多かったし、完全にタゲられてたよね」

「一年くらい前かな、わたし店長になにかしたかなって笹岡さんに訊かれたんだけど、どう答えたらいいかこっちも困ったことがあって。『あんたの彼女にはなりません』って態度を取りつづけたのが原因だと思いますよ、あっちは二十年下の異性とワンチャンあるかもって思ってたんでしょうね、とは言えないし。本当は笹岡さん自身も理由はわかってて、おれに味方してほしかったんだろうけど」

「正木くんは同意してあげなかったんだ。まあ、トラブルに割って入るなんてダルいもんね。しかし、ワンチャンあるかもって思える自己肯定力の高さが信じがたいわ」

「学歴なし、資格なし、おまけに氷河期世代。客観性を身につける機会にも恵まれなかったんじゃないの。ある意味で社会の犠牲者ってやつ。ま、個人の見解だけど」

「ぜんぜん不憫《ふびん》に思ってない口調じゃんよ。ていうかさ、店長の笹岡さんに対する感情のなかには、成功しそうな若い人間に対する嫉妬もあったよね、ぜったい。一方的に逆切れされて、それで自殺未遂なんてやりきれないわ。ねえ、お見舞いって行ったほうがいいのかな」

「いい悪いじゃなくて、それは個人で考えることでしょ。おれは行かない。というか、他人事《ひとごと》みたいに話してるけど、店長の次のターゲットは安井さんかもよ」

「……そうなったらやだなと思うから他人事として話してるんだよ。笹岡さんみたいに粘着されて、逆恨みされたらって考えたらぞっとする。かといって、ここと同じ程度に柔軟にスケジュール対応してくれる別のバイト先がそんなに簡単に見つかるとも思えないし。最低なこと言うけど、店長が次にタゲりそうな子が早く入ってくれますように」

野中は歯を食いしばっていた。頭蓋骨のなかに心臓があるみたいに頭ががんがんする。呼吸が止まり、汗が噴き出し、いますぐこの場から逃げ去りたくなる。まるであのころのように。

「あ、そろそろ店長が来るんじゃない？」

野中は無理やり息を吸い、ゆっくりと十を数えてからドアを開けた。なにも聞いていないふりで挨拶をする自分がみじめでたまらなかった。

野中の心身は急速に蝕《むしば》まれていった。

店のドアが開くたび、警察が来たのではないかと身がすくむ。客にもへんな目で見られている気がして、応対していると手や声が震える。

バイトの連中は、古株の正木も愛想のいい安井も、ベトナムから来たばかりで純朴な子だと思っていたグエンまでも、みんな野中を見下し、野中が花を自殺に追いやったのだと決めつけている。バイトどうしが小声ですばやく言葉をかわすのは、野中の悪口を言っているに違いなかった。自分がいないところでなにを話しているのかと思うと怖くて、彼らの顔をまともに見られなくなった。

なにより野中を苛《さいな》んだのは、深刻な不眠と、短い眠りに現れる花の幻影だった。あの、瞳に薄い膜がかかったようなぼんやりとした目つきで、ものも言わずにただ野中を見つめている。それはやがて昼間にも現れるようになった。

仕事にも当然、影響が出た。発注を間違える。売上日報の作成におそろしく時間がかかる。客からのクレームが増える。クリスマスケーキとおせちの予約数は設定された目標に大きく届かず、自腹を切って埋め合わせたものの焼け石に水で、本部から大目玉を食った。

休みたいと切実に思った。いや、休まなければならない。このままでは気がへんになる。だが、花がいないことで店は人手不足で、まるまる残っている有給休暇をとるどころか、規定の休日も休憩時間もなしの勤務が続いた。大晦日《おおみそか》も正月もなかった。疲労のせいで効率が下がり、労働時間が増えてさらに疲労する。ミスが増えて叱られ、落ちこんでさらにミスをする。悪循環だ。

バイトたちは五年ぶりの帰省だの学士論文のためのフィールドワークだの子どもの冬休みだの療育だのと騒いでいる。脳に虫でも湧いてんのか休めるわけねえだろクソが。本音を押し殺して拝み倒すようにして出勤を頼んでも、できあがったシフトは理想とはほど遠かった。

深夜の有線放送が年越しライブや新春セールの情報を伝えるのを、野中は幾晩もひとりで聞いた。自分だけがどこへも行けず、一生このコンビニから出られないような気がしてきて、いてもたってもいられずに表へ飛び出したこともある。

恵方巻きの予約が始まるころになると、突然、片方の耳が聞こえなくなった。短期間でいいから休職できないかと、思いきって本部に打診してみたところ、遠回しに退職を勧められた。体《てい》のいいクビではないか。

ああそうなのかと思い知った。おれは必要な存在じゃないのか。会社にとっても、社会にとっても、たぶんだれにとっても。

自殺という考えが芽生え、たちまち頭を占めるまでに成長した。

自殺未遂をした花は、みんなから同情されている。ただでさえ若い女は得なのに、彼女の非はなかったことになり、なにもかも野中が悪いように決めつけられている。自分は苦しみから解放され、苦しめた連中には復讐《ふくしゅう》してやれる、一石二鳥ではないか。

だいたい、生きていたってなんになる。金も名誉もない。恋人はいないし結婚なんてできそうにない。のめりこむほどの趣味もない。これから先の人生で、キャバクラと風俗以外で人から褒められることなど一度もないだろう。これまでの人生がそうだったように。

四十五にしてやっと気がついた。おれの命には価値がない。

しかし、いざ死のうとしてみると、なかなか踏ん切りがつかなかった。いろいろな方法を試みたが、あと一歩のところでどうしてもためらってしまう。手首にカッターを当てたものの薄く皮膚を切っただけに終わり、ベランダに立って眼下を見下ろしたまま一時間がたち、花と同じく線路に飛びこもうとして電車を何本も見送り、そのたびに頭をかきむしって泣いた。すがる思いでＳＮＳで「自殺　失敗」「自殺　やり方」と検索してみたが、ネタ系かそうでなければ不安を煽《あお》る書き込みばかりで、スマホを床に叩きつけてすすり泣いた。

なんで死ねないんだ。死ぬのもだめならおれはどこへ逃げればいいんだ。死ぬことくらい許してくれよ。だれかおれを死なせてくれ。

血を吐くように願いながら、結局ずるずると生きて二月を迎えてしまった。恵方巻きの売り上げは、クリスマスケーキやおせちよりもひどいものだった。

「あいつら、下手《したて》に出てりゃ調子に乗りやがって。お客さま、バイトさま、本部さまってか。なんでおれだけがへいこらしなきゃなんねんだよ。馬車馬みたいにこき使いやがって。おれは奴隷じゃないんだ。人間なんだ」

　バス停で最終バスを待ちながら、無意識に声に出していたらしい。ほかにバスを待っている何人かが、距離をとって気味悪そうな視線を向けてくる。

　その列の最後尾に笹岡花がいた。例の幻影だ。

「なんなんだよ……」

　唇がぶるぶる震えだす。いけないと思いつつ、言葉を押し留《とど》めることができない。

「いいかげんにしろよ。おまえもおれのせいだって言うつもりか。逃げ得のくせに！」

　バスが来たが、野中は一歩も動けなかった。ほかの乗客が野中を避けてそそくさと乗りこんでいく。

　ふいに目の前で小柄な老齢の男が立ち止まった。

「はい、これ」

　男は野中に名刺大の白いカードを差し出した。口調も動作もあまりに自然だったので、反射的に受け取ってしまう。すると彼はなにごともなかったかのように野中のそばを離れ、バスに乗りこんでいった。ほとんど一瞬のできごとに思えた。

　ぽかんとしている野中に、最終ですよ、乗らないんですか、と運転手が呼びかける。老人を乗せたバスは、億劫《おっくう》そうに巨体を揺すって走り去っていった。カードを渡すときに見えた、手の染みが目に残った。

顔見知りではない。コンビニやバス停で見かけたことはあるのかもしれないが、覚えていない。七十代前半というところだろうか。しゃれっけのないありふれたコートとズボンを身につけ、仕事帰りというふうだった。

手渡されたカードをあらためて見る。白紙だ。裏返してみると、二次元コードが印刷されていた。それだけでほかにはなにも書かれていない。

興味本位でスマホをかざし、二次元コードを読みこんだ。どこかのサイトにつながっているようだ。詐欺かもしれないと思ったが、かまわずアクセスした。もうなにもかもどうだっていい。

表示されたのは、企業のホームページらしかった。

有限会社さんず　── Suicide Support Service ──

なんとかサポートサービス。最初のSから始まる単語が読めない。長押し選択して翻訳メニューを選ぶと、「自殺」と出た。

元のページに戻って画面をスクロールする。

死にきれないあなたのお手伝いをいたします。

表示された短い文章を目にした瞬間、全身にどっと血がめぐるのを感じた。いつからか出るようになったじんましんを無意識にかきむしりながら、夢中で先を読む。

自死の妨げとなる問題の解決／心残りの解消／遺言や懺悔《ざんげ》の聴聞など自死に関するあらゆるお悩みに、臨機応変に対応いたします。

あなたの自死を見届ける〈よりそいプラン〉
あなたの自死を物理的にお手伝いする〈もろともプラン〉

お申し込みの際にいずれかをお選びください。

ごくりと喉が鳴った。自殺幇助《ほうじょ》業者――。

にわかには信じがたい。〈よりそいプラン〉に〈もろともプラン〉。ふざけているとしか思えない。だが……。

ばかばかしいと切り捨ててしまうことができず、野中はスマホの画面を食い入るように見つめた。もしもこれが本当なら、いまの自分にこそ必要ではないのか。

一時間ほど歩いてアパートに帰った。二月の深夜だというのに寒さは少しも感じず、喉の渇きばかりが気になった。

何週間もカーテンすら開けていない部屋には、可燃ごみの日に出しそびれた生ごみのにおいが充満している。それをかいだ瞬間、コンビニの外に設置されたごみ箱が頭に浮かんだ。あのごみをまとめなくては、と考えてしまった。

ううう、と低いうめき声が漏れた。いきなり涙があふれた。

灯《あか》りもつけず畳に座りこみ、ずっと握りしめたままだったスマホで、再び〈さんず〉のサイトにアクセスする。

料金は当然前払いで、振り込みか現金支払いとなっていた。わずかな貯金ではとても足りないが、どうせ死ぬなら借金をしたっていいし、いっそコンビニの金庫から失敬したってかまわない。慰謝料だと思えば罪悪感などまったくない。あいつらは、世の中は、おれを人間として扱わなかったのだから。

野中は少し考えて〈よりそいプラン〉の申し込みボタンをタップした。用意されたフォームに名前や住所などを入力していく過程は、ネットでの通販と変わりない。業者の訪問日時は『なるべく早く』を指定。自殺の動機を簡単に入力する欄があり、そこだけが特別だった。最後に確認のメッセージが表示され、『はい』を選択する。

とたんに猛烈な渇きを覚え、冷蔵庫に飛びついて一本だけ残っていた発泡酒を勢いよく飲んだ。むせて鼻水が流れたが、さらにぐいぐいと缶を傾けた。性懲《しょうこ》りもなく部屋の隅に現れた花の幻影に向かって、空いた缶を投げつける。

ばたんと大の字に倒れて暗い天井を眺めた。生ぬるい涙が耳に入った。


いつの間にかうとうとしていたらしい。呼び鈴の音で目を覚ました野中は、ぶるりと身震いをした。体が冷えきり、室内なのに息が白い。

気のせいかと思ったが、呼び鈴はまた鳴った。体を起こし、畳に転がっていたスマホで時間を見る。午前二時二十分。

応じるべきか迷っていると、玄関の外から男の声が聞こえた。

「こんばんはー、〈さんず〉でーす」

さんず。とたんに全身が緊張し、酔いも眠気も吹き飛んだ。おそるおそる玄関に近づき、ドアに鍵がかかっているのを確認しながら応じる。

「……はい？」

「あ、野中充《みつる》さん？　夜分にごめんね。ご依頼の件で来たよ」

いやになれなれしいもの言いだ。ドアの覗《のぞ》き穴に目を当ててみるが、暗くてほとんどシルエットしか見えない。

野中はしばし逡巡《しゅんじゅん》してから、チェーンをかけたままドアを開けた。そこには男がふたり立っていた。ひとりはダウンジャケットにジーンズ、もうひとりはスーツにコートというでたちだ。

「〈さんず〉って本当に……」

「それ、よく言われるけどマジなやつだから。ほら、さっさと開ける」

さっきから話していたのは、ジーンズのほうだったようだ。連れよりも小柄で、年齢も若い。

気安げな態度に乗せられたわけではないが、野中は思いきってチェーンを外した。

ふたりは狭い靴脱ぎに重なるようにして立った。

若いほうは二十代前半か、ひょっとしたら十代だろうか。服装もカジュアルだし、バイトかもしれない。なぜか片手にスーパーの袋を提げており、なかには野菜などの食材がつまっている。年上のほうは三十代、いや四十代か。真面目な顔をして、少し気難しげにも見える。こちらはビジネスバッグを携えているが、スーツの下に分厚い筋肉が見て取れ、ドラマに出てくるボディガードを連想した。

年上のほうが代わって口を開いた。

「このたびは〈よりそいプラン〉にお申し込みいただき、ありがとうございます。担当させていただきます、私はカトウ、こちらはスガと申します」

若いほうとは対照的な堅い口調だ。

「まず最初に、弊社の業務内容についてご説明させていただきたいのですが……」

「死なせてくれるんだよね？」

野中は途中で言葉をかぶせたが、カトウはかまわずにサイトに書いてあった内容をかいつまんで説明した。

「命に関わることだけに、なにか誤解があっては困りますので」

「なんでもいいから。おれは死にたいの。でもなかなか踏ん切りがつかなくて。あんたらは要は安楽死させてくれるんだよね？」

「……やはり少し説明が必要なようですね」

カトウは小さく咳《せき》ばらいをした。

「野中さまは安楽死と自殺幇助の違いをご存じですか？」

「たんに言い方の問題じゃないの」

「説明する人間の立場によって定義は多少異なりますが、まず安楽死には【消極的安楽死】と【積極的安楽死】の二種類があります。消極的安楽死は尊厳死とも呼ばれ、それをしなければ死に至るという状態で治療を行わない、あるいは中止すること。積極的安楽死は、他者が——たいていの場合は医師ですが、薬物を注射するなど直接的な行為によって死をもたらすこと。どちらも死なせるという目的は同じですが、そのためになにもしないのが消極的安楽死、なにかするのが積極的安楽死です。日本の法律では安楽死は認められておらず、前者を禁ずる法律はありませんが、後者は違法とされています」

慣れているのか、立て板に水の説明だった。

「一方【自殺幇助】は、自殺を企図する者に他者が手段や情報を提供することによって、それを実現させること。ただしこの場合、死に至る決定的な行為は自殺を企図する本人の手でなされなければなりません。わかりやすく言うと、他者が用意した致死薬を自殺を企図する者みずからが服用するということです。日本では自殺幇助を認める法律はなく、自殺幇助罪に問われます」

「……なるほど」

わかったような、わからないような。とりあえずわかったふりでうなずく。

「弊社の業務内容の場合、〈よりそいプラン〉は自殺幇助罪に、〈もろともプラン〉は殺人罪に抵触します。どちらにせよ、最も大切なのはお客さまの自己決定権です」

「わかった、わかりました。とにかく、あんたらに頼めばうまくいくんだよね」

「そのために、弊社では最初にヒアリングをおこないます。自死したい理由や障害になっている事情などの聞き取りです。それを受けて私どもが動くわけですが、お客さまのご都合で自死を中止される場合は、段階に応じて料金の何パーセントかを……」

「おれはやめない」

「そうですか。ですが、もしも気持ちが変わったとしたら、その時点ですみやかに幇助活動は中止します。強制的に死なせたりはしませんのでご安心ください。先ほども申し上げましたが、自己決定権がなにより大事ですので。また、自死の方法についてもできるかぎりご希望に沿うようにします。あくまでもお客さまの意思を尊重するのが、弊社のモットーです」

それを聞いてほっとした。死にたいが、殺されるのは嫌だ。みっともない死に方や苦痛をともなう死に方もしたくない。

「上がって」

野中は壁際に転がった発泡酒の缶を拾い、エアコンのスイッチを入れた。古いものなのでやかましいうえになかなか効かないが、つけないよりはましだろう。座布団なんてものはないので、褪《あ》せた畳にじかに座ってもらう。脚を折り畳める形式の安っぽいちゃぶ台と、ボディガードのようなカトウとは、なんともちぐはぐな取り合わせだった。

一方、スガはそこへは座らずに、スーパーの袋を持ってキッチンに立った。くっさ、とのけぞるようにして三角コーナーの生ごみを指さす。

「これ、捨てちゃうよ」

「あんた、なにを」

「キッチン借りるよ。って、全然使ってなさそうだな。あ、油がほとんどないや、買ってきてよかった」

夜食でも作ろうというのだろうか。

野中の当惑をよそに、カトウが事務的な調子で切り出した。

「さっそく始めましょう」

カトウはビジネスバッグから、なにかを取り出してぐらつくちゃぶ台の端に置いた。

高さ十五センチ、体色はライトグリーン、ファンシーな二頭身のそれは、どう見てもプラスチック製のフィギュアだった。

「弊社のマスコットキャラクター〈サンチャン〉です。三途《さんず》の川に生息するカッパで、人々に癒しを与えるという、弊社の理念を象徴する存在です」

「はあ……」

「さて、申し込み時に自死の動機を簡単に書いていただきましたが、あらためて話してください。まずはお仕事のことからお願いします」

求められるまま、野中はコンビニの労働環境について語りだした。劣悪な雇用条件に、それよりももっと劣悪な実情。本部の人間やバイトたちからの残酷な仕打ち。たちまち熱が入り、夢中になって語れば語るほど悲惨な境遇が浮き彫りになっていく。

「そのくらいでけっこうです」

止められて、野中は自分が泣いているのに気がついた。涙を拭い、ついでに口角にたまった唾も拭う。

「やめちゃえばいいんじゃないの、仕事」

こちらに背を向けてなにかをみじん切りにしながら、スガが言った。ずいぶんと慣れた手つきだ。

野中は強くかぶりを振った。

「やめたって、生きていくためにはまたどこかで働かなきゃいけないんだ。そこがいまよりましだって保証はないじゃないか。いや、おれなんかを雇おうって会社がまともな会社のはずがない。もううんざりなんだよ。こんな思いをしてまで生きていたい理由なんかないのに」

同調するように、エアコンと冷蔵庫が陰気なうなりを響かせる。

「じゃあ、そのひどいオーナー、もしくはひどい本部の偉いやつ、もしくはひどいバイトどもをぶっ殺す」

さらりと過激なことを言われ、野中は一瞬ぽかんとした。

「それで刑務所入れたら、国民の血税で何十年かの衣食住が保障されるじゃん」

「おれはそんなことは……」

「ふうん。いい人だね」

本当に感心しているような口調だった。そこではじめて、彼らはどういう人間なのだろうかという疑問が頭をよぎった。自殺幇助などという仕事をしているのだ、まともなわけがない。

カトウが咳払いをし、変わらない調子で話を進める。

「では、笹岡花さんの自殺未遂の件について聞かせてください。十二月十日、アルバイトからの帰りに駅のホームから転落したそうですね」

「ふざけた話だよ」

業者に対する恐れを打ち消し、野中は花の幻影をにらみつけた。

「自殺未遂だったというんで、バイトの連中はおれのせいだと決めつけてる。おれのパワハラが原因だって言うんだ。パワハラってなんだよ。おれは店長だ。バイトを教育するのは店長の仕事だろ。ほかのやつらだって笹岡の仕事ぶりには不満をこぼしてたし、おれが叱ってるのを黙って見てたくせに」

「叱り方があまりにもひどいので、聞くのが嫌でなるべく離れているようにしていた、と言う人もいましたが」

「なんだそれ、だれが言ったんだよ。ていうか、バイトどもに話を聞いたのか？」

「状況をある程度、正確に把握しておくためです」

「勘弁してくれよ。あいつらは最低のやつらなんだ！　人間のくずだ！　ああいうやつらがいじめなんて低俗なことをやるんだよ！」

野中を嘲《あざけ》る声がよみがえる。それはコンビニのバックルームから、そして過去から聞こえてくる。

「あなたが笹岡花に対してやったことは、いじめやハラスメントではないと」

「もちろん！　なのにあいつらが……」

「客の前で罵倒したというのは？」

「は？　それもだれかが言ったのか。ミスしたらその場で注意すべきだろ」

「笹岡花がレジを担当していた時間に金額が合わないことがあり、不足分を彼女のバイト代から補塡させた件は？」

「そんなの自分のミスなんだからしかたないじゃないか。おれだって何度も……」

「避妊具の使用感を尋ねた件は？」

「そっ、それは……店で扱ってる商品について、感想を求めただけだ。あと、コミュニケーションの一環だよ……」

「所属する劇団の公演が近いので休ませてほしいというのを、自分勝手だと非難して許可しなかった。彼女が自分で同僚と交渉して休みをとると、日に何度も電話をかけたりメッセージを送ったりして恫喝《どうかつ》した。心療内科にかかっているのを知って、進んで病気になろうとするなと叱った。問題の十二月十日には、やめたいと申し出たのに対し、損害賠償を請求すると脅したそうですね」

　次から次へと並べたてられ、野中は絶句した。カトウの態度は淡々として、追及するような口ぶりではないのに、心臓が早鐘を打っている。

「なんでそんなことまで、いったいどいつが……」

「ほかにもいろいろ聞いていますが、そういった積み重ねで笹岡花は心を病み、そのせいで仕事にも支障が出るようになったとは考えられませんか？」

実のところ、花にきつく当たっている自覚はあった。ハラスメントと受け取られかねない行為もあったかもしれない。一年ほど前に彼女に味わわされた失望が、ついそういう態度になって表れたのだ。

「で、でも、だれだってその程度のことは経験して我慢してる。おれがバイトしてたころなんてそんなもんじゃなかったよ。それこそブラックバイトだ。Z世代はメンタルが弱すぎるんだ。氷河期世代に比べたら別次元で求人も多いし恵まれてんのに、役者なんて不安定な職業選んでバイトで食ってんの、完っ全に自己責任でしょうが。弱い立場のバイトでいるのが嫌なら、正社になればいいんだよ、なれたんだし！」

野中は唾を飛ばして言い募った。

「そうだよ、そんなにつらいならやめればよかったんだ。たとえおれが許さなくても、勝手に来なくなって姿をくらまされたら、こっちにはどうしようもないんだからさ。なにも死ぬことはないんだ。それにあいつはまだ二十四で、女優として成功するっていう夢だって持ってた。夢だよ夢？　そんなのあるやつ、この国ではいまや勝ち組でしょ。しかもそこそこルックスに恵まれた若い女でさ。バイト先でちょっとうまくいかないくらいで自殺なんかするもんか。おれみたいにとっくに人生終了してたやつとは違うんだ」

「とっくに？」

無表情で聞いていたカトウが反応を示した。

「あなたが人生に絶望するきっかけが過去にあったということですか？」

野中はちょっと口ごもった。いままで他人に語ったことはない。

「……ああ、そうだよ。もう三十年も前、高校のときに、おれの人生の歯車は狂ってしまったんだ。川原勝《かわはらまさる》、あのクソ野郎のせいで」

思い出すだけで、みぞおちがぎゅっと痛くなる。

いじめが始まったのは、高校二年になってすぐだった。川原の彼女にちょっかいを出したと言いがかりをつけられ、いきなり数人がかりで暴行された。たしかにかわいいとは思っていたが、何度かノートを貸してあげたくらいで、ことさらに言い寄ったわけでもないのに。それからはお決まりのコースだ。ついに学校へ行けなくなるまで、野中は川原たちの奴隷であり玩具《がんぐ》だった。

胃が痙攣《けいれん》し、野中はとっさに口を押さえた。記憶の底に封じこめて生きてきたが、ちょっと思い出しただけでいまだにこうだ。

いじめに遭うまでは、多くはないが友達もいたし、成績だってよかった。進学校だったので、当たり前に大学に進学していたはずだ。だが友達だと思っていた連中には裏切られ、教師も力になってはくれず、野中はそのまま退学せざるをえなかった。引きこもりの生活を何年も続け、両親が躍起になって勧めた高卒認定試験も受ける気になれず、やがて逃げるように家を出て以来、家族とは音信不通になっている。結局、最終学歴は中卒だ。

「川原に目をつけられた時点で、おれの人生は終わってたんだよ。あのときさっさと死んどけばよかったんだ」

カトウが軽く握った拳を口元に当てた。

「野中さんの心残りはそれかもしれませんね」

「え？」

「野中さんが自死に踏み切れない理由です。自分の人生を台無しにしたやつをのうのうと生かしたままでは、死んでも死にきれないという」

野中は目をしばたたいた。考えてもみなかったが、言われてみればそのとおりだ。自分は川原に殺されたも同然なのに、やつはそれを知りもしない。

無意識につぶやいていた。そうだ、復讐だ。さっぱりした気持ちで人生におさらばするには、川原に復讐しなければならない。

スガがなにかを炒《いた》める音がやけに大きく響いた。

野中は乱暴に鼻をこすり、居住まいを正してカトウを見据えた。

「あんたのおかげでやっとわかったよ。おれは心残りを解消したい。川原勝への復讐を依頼する」

カトウの返答はあくまでも事務的だった。

「我々が直接、関係者に対して危害を加えることはいたしません。野中さんご自身による復讐をできるかぎりサポートさせていただきます」

あっさりと了承されたことに、野中は少しまごついた。いまさらながら、まっとうな会社ではないのだと思い知る。

「川原勝への復讐のほかに、依頼したいことはありませんか？」

野中は冷えきった腕をそっとなで、少し考えて首を横に振った。

「よく考えてください。死ぬ前にしておきたいこと、すべきことはありませんか？会っておきたい人は？」

ドロップアウトした息子と目を合わせようとしない父親。親戚相手に取り繕った話をする母親。いいかげんにしろと説教をする公務員の兄。あなたとは価値観が合わないんだよねと、野中の学歴を浮気の言い訳にした元カノ。

心のなかをくまなく探して、野中は再び首を振った。「なにもないよ」

やつに復讐さえできれば満足だ。人生の最後に会いたい人物がよりによって川原ひとりとは、皮肉な話だが。

サンチャンとかいうマスコットキャラクターが、どこか悲しげな瞳でじっとこちらを見ているような気がした。

カトウがバッグからノートパソコンを取り出し、ちゃぶ台の上で開く。キーボードを操作し、モニターにざっと視線を走らせてから、パソコンを野中のほうへ向けた。

「この人物で間違いないですか？」

表示されたバストショットの写真を、野中は身を乗り出して見つめた。しゃれたシャツにしゃれた眼鏡。日焼けした肌。笑顔は一見おおらかそうだが、こずるい目つきは隠せない。

大手広告代理店の業務内容を紹介するページらしく、川原勝という名前の上にはプロデューサーという肩書がついている。略歴も記されており、野中が中退した高校を卒業したあとは有名私大に進学していた。高校時代はばかだったのに、就職氷河期を要領よくサバイブし勝ち組コースに乗ったということか。「好きな言葉は公明正大」というのを見て、胸が焼けつくような憎しみを覚えた。

「ああ、こいつだ。間違いない」

カトウはパソコンをまた自分のほうへ向け、キッチンに立つスガを呼んだ。後ろからモニターを覗きこんだスガは、「ああ、はいはい」と了解した様子で、カトウの隣にあぐらをかいた。パソコンを引き寄せて前髪を軽く払い、料理と同じくらい慣れた手つきでキーボードを叩きはじめる。

「川原勝の明日の予定がわかったよ。あ、もう今日か」

ほどなく告げられた言葉に、野中はぎょっとした。

「いったいなにをしたんだ」

「彼のスマホをちょっと覗き見させてもらった」

ハッキングというやつだろうか。その手のことはよく知らないが、違法行為なのは間違いない。

戸惑う野中をよそに、スガはモニターを指さしてカトウに言った。

「十六時まで環八《かんぱち》沿いのハウススタジオ。このタイミングがベストじゃない?」

言いっ放しにして、役割は終わったとばかりにキッチンへ戻る。

カトウがモニターから目を上げて野中を見た。

「川原勝を拉致するのはいかがでしょうか」

とっさに身がまえていたものの、衝撃は大きかった。

「拉致って……」

「私どもが川原を連れ去り拘束します。必要な場所や道具はこちらでご用意しますので、あとは野中さんのご自由になさってください。先ほど申しあげたとおり我々は彼に危害を加えることはできませんが、可能なかぎりサポートします」

声を出そうとしてうまくいかず、無理やり唾を飲みこむ。

「……煮るなり焼くなり好きにしろってことか」

「野中さんの今日のご都合は？」

仕事が、と言いかけて、そんな自分にあきれた。この期に及んで。

野中は顔を手のひらで覆うようにしてなでた。いつの間にか汗まみれになっていて、ぬるりとした感触だった。

「いいよ、やろう」

すぐにカトウから具体的な説明があった。料金は拉致を決行するまでに用意しておくという形にしてもらった。

それが終わったところで、スガが料理を運んできた。うさぎのキャラクターの絵がついた皿は、以前コンビニでキャンペーンの景品が余ったのをもらってきたものだ。皿には千切りキャベツと、たわしのような大きさのコロッケがふたつ載っている。自殺幇助サービスに申しこむとき、好きな食べ物を入力する欄があったのを思い出した。回答は必須ではなかったが、野中はそこにコロッケと書いたのだ。

「おれからのサービス。最後の晩餐《ばんさん》ってやつ。遠慮せず、たーんと召しあがって」

いまここで揚げたばかりらしい。湯気とともにいいにおいが立ち上っている。あまりにも場違いな人間らしい気遣いを受け、野中は理解した。やはりこいつらは完全にいかれた連中だ。これから自殺するとわかっている相手に笑顔でコロッケをふるまうなんて。

気味が悪いし、空腹を感じてもいなかった。なのに自然に手が伸びた。箸でつまみ上げてかぶりつくと、ざくっと小気味よい音がした。粗めのじゃがいもが野中の好みに合っている。口のなかが熱くて、涙が出そうになった。

「スマホ借りるね。うちのサイトにアクセスした履歴を消しちゃうんで」

畳に投げ出してあったスマホを、スガが拾ってパソコンにつなぐ。イリーガルな仕事には必要な処置なのだろう。

ふたりはいったんここを去り、準備を整えて迎えに来るということだった。野中はそれまでに料金を用意しておくことを約束し、あとは黙々とコロッケを食べつづけた。

約束の時間にアパートを出ると、近くの路上に見慣れないワンボックスカーが停《と》まっていた。助手席側だけにスライドドアが付いているありふれた国産車で、ペーパードライバーの野中でもＣＭには覚えがある。

助手席からスガが顔を出して手を振った。野中は帽子のつばを引っぱりながら、足早に近づいてすばやく後部座席に乗りこんだ。

そのとたん手に触れたものを見て、ぎくりと体が硬直する。ロープ。それにガムテープに目出し帽。スパナにナイフに催涙スプレーにスタンガンらしきものまで、野中が座った二列目のシートとその足元には、およそ思いつくかぎりの物騒なものが無造作に積みこまれていた。なんなのかわからないものもたくさんある。後部座席の窓にはスモークフィルムが貼られているため、外からでは見えなかったのだ。三列目のシートがぎりぎりまで前にスライドされ、からっぽの荷室が広くとられていることにも気づかなかった。

「閉めて」とスガに言われ、野中は慌てて力任せにドアを閉めた。ドアに貼りついたような手を引きはがし、すり切れかけたウィンドブレーカーのズボンに手のひらをこすりつける。後部座席のドリンクホルダーにはサンチャンが突っこまれていた。

「金はちゃんと用意した？」

「あ、ああ」ポケットから封筒を引っぱり出した。午前中のうちに消費者金融から借りてきた金だ。むろん返すあてはない。

スガが体をひねって受け取り、その場で中身を確認する。

「ぴったり。まいどどうも」

カトウの運転するワンボックスカーは、積み荷とは対照的に、きわめて穏やかに発進した。バックミラーに映る彼の目は冷静そのものだ。

黒ずくめの野中に対して、ふたりは十数時間前に訪ねてきたときとほとんど同じ恰《かっ》好《こう》をしていた。それでだいじょうぶなのかと不安を漏らした野中に、スガは「へんに隠そうとしたら、かえって目立っちゃうから」とリラックスした笑顔で応じた。若くてもやはりプロなのだ。

「あのカード……」

「うん？」

「いや、なんでもない」

スガたちがいったんアパートを離れたあとで、二次元コードが記されたカードがなくなっているのに気がついた。〈さんず〉のサイトへの扉。バス停でもらって自宅へ持ち帰り、二度目にアクセスして以降は、スマホと一緒に放り出してあったはずだ。彼らが持ち去ったに違いなかった。スマホの履歴を消したのと同じく、痕跡を消し去るために。

彼らの案内なしには、だれも〈さんず〉へはたどりつけない。彼らは三途の川の渡し守なのだ。

それは野中を安心させる想像であるはずなのに、いまは心をざわつかせる。

あれから野中はスマホで川原についてさらに調べた。そして、川原がプロデューサーのひとりとして、とある深夜ドラマに関わっていたことを知った。去年の一月から全十二回にわたって放映されたそのドラマを、野中はよく覚えていた。笹岡花が準レギュラーとして出演していたからだ。

花と川原の思わぬ接点。それを発見したとき、川原の高校時代の彼女と花の顔が重なった。ふたりの小作りな顔立ちは、どことなく、しかし一度そうと気づくとそれまで気づかなかったことが不思議なくらい似ている。

もしかして。スマホを持つ手に力が入った。

花の身辺に男の気配を感じるようになったのは、ドラマの撮影が始まったころだった。

明らかに服装や化粧に気を遣うようになり、それをバイト仲間に指摘されてうれしそうに照れていた。休憩時間にスマホでだれかとやりとりしていることが増え、ちらりと盗み見た画面にはハートマークが飛びかっていた。花は撮影のためにシフトを大幅に減らしていたから、会うたびに彼女が変化しているように野中の目には映ったものだ。

バイト仲間に訊かれるまま、俳優のだれそれと食事に行っただの、高級ホテルのラウンジでカクテルを飲んだだのと話す花を見て、野中は幻滅した。一途《いちず》に夢を追う真面目な女性だと思っていたのに、ちょっとドラマに出たくらいで浮かれてちゃらちゃらと。あんなに目をかけてやったのに。好感を抱いていた分だけ、裏切られた失望は大きかった。憎しみを覚えるほどに。

もしかしてあのとき花が付き合っていた男は、川原だったのではないか。ただの直感だったが、少なくとも花は川原の好みのタイプではあるはずだ。さらに、花はチャンスを欲しがっている新人俳優であり、川原はキャスティングに影響力を持つだろう立場にあった。

だとしたら……。いや、まさか……。

野中は車内に積まれた物騒なものをなるべく見ないようにして、スガとカトウの後ろ姿に向かって、さりげなく問いかけた。

「そういえば、もしも依頼人に自殺する気がなくなったら、キャンセル料ってどうなるんだっけ」

段階に応じて何パーセントという説明を最初にしていたが、彼らのやり方を目の当たりにすると、本当に中止にできるのかどうか疑わしく思えてくる。いまさらやめることなど許してもらえないのではないか。無理やり船に乗せられて三途の川を渡らされるのではないか。

聞こえなかったのか、ふたりは無反応だった。もう一度尋ねる勇気が出ず、野中は質問を引っこめた。

冬の夕暮れが早々と迫る街を、ワンボックスカーはゆっくりと進んでいく。すでに環八に入ったようで、交通量は多いが流れは順調だ。見るからにやんちゃな外観の車が、派手な音を響かせて抜き去っていく。

「たまごの漢字って二種類あるじゃん。どう違うのかと思って調べたら、一般的に玉に子のほうは調理後の鶏卵を指すんだって」

スガはひとりでしゃべっている。カトウが返事をしなくてもおかまいなしだ。

カトウは小さな駐車場に車を入れ、奥に建つビルに尻を向ける形で停めた。ごくふつうのオフィスビルに見えるが、そこが目的のハウススタジオらしい。

「ここに川原勝がいることは、弊社の人間が確認しています。今後の予定にも変更はないようです」

ならば川原は十六時すぎには出てくることになる。野中は腕時計を見た。十五時五十分。汗が背中を流れ落ちる。こうして時計をにらんでいるあいだにも、そのときは刻一刻と近づいてくる。

「少々お待ちください」

〈さんず〉のふたりは車から降りて後方に回った。車を停めた位置はビルの出入り口のすぐそばだ。川原が出てくるのを待ち受けて捕まえるつもりらしい。歩道には通行人がちらほらいるが、車が目隠しになるだろう。身がまえるそぶりもなく立ち話をしている様は、いまから犯罪を行おうとしているようにはとても見えない。

彼らが残していった冷たい外気を、野中はむさぼるように吸いこんだ。逃げ出そうとする膝を押さえつけ、落ち着けと自分に言い聞かせる。とにかく川原に事実を確認することだ。判断はそれからだ。

リアウィンドウ越しに様子をうかがっていると、あ、というふうにスガが反応を示した。野中からはよく見えないが、予定よりもいくらか早く川原が出てきたのだろう。

そのあとのことは、あっという間だった。

ふたりが近寄る。荷室のドアが開く。人間が放りこまれる。荷室のドアが閉まる。

野中が息を呑《の》んでいるうちに、カトウは運転席に、スガは助手席に戻った。ドアの閉まる音が心臓に響いて我に返った。無声映画を早回しで眺めていたような気がした。

ゆっくりと深呼吸をする。肺がみしみしと軋《きし》む感じがする。

おそるおそる体をひねって荷室を見た。男が転がっている。ロープで手足を縛られ、頭部には黒いビニール袋をかぶせられている。ぐったりしているのは、殴られたか、薬を嗅がされたのかもしれない。口にガムテープでも貼られているのか、聞こえるのはくぐもったうめき声ばかりだ。

「人目につかずに拘束しておける場所へ移動します」

ワンボックスカーは来たときと同じく穏やかに発進した。自転車の老人が歩道を通りすぎるのを待ってから、余裕を持って車の列に滑りこむ。あたかも日常に溶けこむように。

「こ、これ、だいじょうぶなんだろうな？」

「なにが？」

振り向いたスガはけろりとしている。

「だから、こいつ、死んだりとか」

「おれたちは規約上、依頼人以外の殺人はやんないの。言ったでしょ」

「でも苦しそうだ」

「野中さんはさ、こいつに復讐するんだよね？」

不思議そうに言われて、野中は黙りこむしかなかった。自分の人生を台無しにした川原に、復讐したい気持ちはもちろんある。だが、花がつきあっていた男が本当に川原だとしたら……。

川原の左手の薬指に指輪がはまっていることに、野中は気づいていた。

ワンボックスカーは多摩《たま》方面へ向かっているようだった。日はとっぷりと暮れ、闇に塗りつぶされた窓には憔悴《しょうすい》した自分の顔が映っている。

荷室の川原はずいぶん前から静かになっていた。野中は不安に駆られてしきりに様子をうかがったが、しゃれたコートの胸は規則的に上下している。ときどき体勢を変えようと動くから、意識もあるのだろう。とはいえ、一時間以上も縛られたまま車に揺られていて、衰弱していないはずはない。

「まだ遠いのか？」

「小一時間はかかるかな。トイレ？」

川原の心配などまったくしていないスガの言葉に、背筋が冷える。

「そうじゃなくて、こいつ、本当に……」

「ちゃんと加減はしてるって。野中さん、心配性なんだね。だいじょぶだいじょぶ、カトウさん、荒事のプロだから、うっかり殺しちゃうとかはぜったいない。ちゃんと野中さんが復讐できるように生かしてあるから。それとも仏心が出ちゃった？　復讐やめてもいいけど、川原さんの頭のビニールは取んないでね。おれたちの顔を見られちゃったらまずいから」

「そんなことしないよ」

野中は乱暴に会話を切って、手にしたスマホに目を落とした。無断欠勤したせいで朝から鳴りっぱなしだった。すでに聞いた伝言メモをまた再生する。店長、どうしたんすか。店長、体の具合でも悪いんですか。店長ー、生きてますー？　てーんちょーう、無断欠勤とかマジで困るんすけどー。野中さん、これを聞いたらすぐに本部に連

絡してください。連絡がないので再度お電話しました、またかけます。その後は伝言なしの
自分がにやついているのに気づいて、スマホを耳から離した。その後は伝言なしの着信履歴がずらりと並んでいる。

見ろ。おまえら、おれがいなかったら困るんじゃないか。店長、店長、野中さん。おれはこんなにも求められ、必要とされている。

いや、違う。こいつらはおれを便利に使ってるだけだ。結局、奴隷扱いだ。その証拠に、一貫しておれを責める口調じゃないか。しょうがないやつだと見下してる口調じゃないか。

今度は自分が泣いているのに気づいて、慌てて手で顔を拭う。

バックミラーのなかでカトウと目が合った。

「適当な場所で停まります」

「え……」

「いったん社に連絡を入れたいので」

数百メートル走ったところに廃業したレストランがあり、カトウはかつて駐車場だった空き地に車を入れた。失礼しますと断って、エンジンをかけたまま車外へ出る。

スガも一緒に出ていった。

チャンスだ。野中は背もたれに飛びつくようにして後ろに身を乗り出した。傍らのスパナが足元に落ち、なにかに当たってがちゃんと耳ざわりな音を立てた。悲鳴を呑みこみ、早口でささやく。

「川原勝、おまえに訊きたいことがある」

川原は戸惑ったように身じろぎした。そのにぶさにいらだちながら、反面、野中はそこはかとない快感を覚えた。相反しつつ混ざり合うその感覚を、よく知っている気がする。

「おまえに言ってるんだよ。聞こえてるのか、こののろま」

川原が短くうめき、また身じろぎする。

「まるで芋虫だな。虫に人間さまの言葉はわかんないか？　え？」

昔、川原から浴びせられた言葉をわざと使う。校舎の裏に、トイレの床に、ちょうどいまの川原のように転がされて聞いた。

ああ、この感覚だったのか。いまはじめて、当時の川原の気持ちが理解できた。相手がうすのろに見えていらだつ。でも、うれしくてたまらない。それは、いたぶるきっかけになるから。いつだって舌なめずりして探していたのだ。

さらに口を開きかけたところで、野中ははっと我に返った。荷室の隅に花の幻影がいた。なにか言いたげな暗い目でじっとこちらを見つめている。

野中はかぶりを振って、こみ上げる喜びを打ち消した。いますべきことは復讐ではない。黒いビニール袋に覆われた川原の顔を見据え、唇を舐《な》める。

「川原、おれの質問に答えろ。笹岡花を知ってるな？」

川原はうなずいたようだ。口を塞がれているせいでうまく声を出せないのだと、野中はやっと気がついた。

「おまえは彼女とつきあってたのか？」

これにも川原はうなずいた。うなずいたのをたしかに認めて、野中は拳をぐっと握った。

やっぱりだ。花と川原は特別な関係にあった。花の浮かれぶりからすると、彼女のほうは恋愛をしているつもりだったのかもしれない。だが実情は枕営業だったのではないか。少なくとも川原のほうは、そう認識していたのではないか。

川原の左手に視線を移す。

「それ、結婚指輪だよな」

不倫の関係は、本来は真面目で純粋だった花を悩ませたに違いない。そのうちに男のほうには気持ちがないことにも気づいただろう。しかも結局ドラマは当たらず、花が売れることもなかった。それからの一年で、彼女はみるみる無気力になっていった。

「笹岡の自殺未遂は、おまえのせいだな？」

ほとんど確信をもって尋ねると、はたして川原はうなずいた。野中は深い安堵《あんど》の息をついた。花の自殺未遂の報を聞いて以来、ずっと心にのしかかっていた重石《おもし》が取れた。

おれのせいじゃなかった——。

これを明らかにすれば、野中が責任を追及されることはないし、白い目で見られることもない。むしろ野中は濡れ衣《ぬぎぬ》を着せられた被害者だ。まわりのやつらはばつが悪い思いを味わい、反省し、同情し、気を遣わざるをえないだろう。

薄笑いを浮かべながら、野中は額に噴き出した汗を拭った。いつの間にか花の幻影は消えていた。

人生が変わる。だとしたら、おれは死ななくていい。

問題は〈さんず〉が本当に中止を許してくれるのかということだ。規約など信用できない。危害は加えないという話だったが、川原への仕打ちは危害ではないというのか。それに考えてみれば、スガとカトウは野中に顔をさらしている。川原にはビニール袋をかぶせて目隠しをしたにもかかわらず、野中には見られてもかまわないというのは、つまり……。

野中は窓に顔を押し当て、車外に目を凝らした。かなり田舎へ来ているらしく、ワンボックスカーのヘッドライトに照らされた範囲以外は闇に包まれている。スガとカトウがどこにいるのかわからないが、会社に電話を入れるだけならそれほど時間はかからないだろう。もう戻ってきてもおかしくない。

野中はそろりと後部座席のドアを開けた。つとめて慎重にやったつもりだったが、思ったよりも大きな音がした。跳ね上がった鼓動に突き動かされるように外へ飛び出す。ひび割れたアスファルトに足を取られつつ、無我夢中で車の後ろを回って運転席を目指す。

やつらから逃れるには、一か八《ばち》かこうするしかない。川原を連れて警察に駆けこむのだ。川原のこの状態を見て警察はいったんは野中を疑うかもしれないが、調べさえしたらプロによる犯行だとわかるはずだ。

闇のなかから男たちの声が聞こえた。駆けつけてくる気配があり、野中がどうにか運転席に転がりこんだ直後に、カトウの指がドアにかかった。うわあっ。大声をあげて全力でドアを引く。挟まれる寸前にカトウの手は離れた。慌ててロックをかける。真正面にはスガがいた。フロントガラスに両手をついて、ばんばん叩く。なにやってんの、とでも言っているのか。人なつこい感じもいまとなっては不気味なばかりだ。アクセルをめいっぱい踏みこんだ。すんでのところでスガが身をかわす。

ぎゅるぎゅるとすさまじい音を響かせて、ワンボックスカーは道路へ躍り出た。シートに積まれていたものが雪崩を起こし、川原が壁に打ちつけられたようだが、かまってはいられない。バックミラーには、尻もちをついた体勢でなにか叫んでいるスガと、どこかへ電話をかけているカトウが映っている。

逃げないと。とにかく逃げないと。幸い道は空《す》いている。後ろのドアがちゃんと閉まっていないのかルームライトがついているが、止まって閉めなおす余裕はない。

「就職するとき、免許があったほうがいいって言われてしぶしぶ取ったんだよ。でも全然、使う機会なんかなくてさ。なんだよって思ってたんだけど、役に立ったな」

口が勝手に垂れ流す言葉を、野中は他人の言葉のように聞いた。指の節が白くなるほど強くハンドルを握り、目を見開いて前方とバックミラーを交互に凝視しながら、口だけが独立した器官のように動きつづける。

「おれの職場って最低なんだよ。給料は安いわ仕事はきついわ、なにより上司も部下もクズばっかでさ。ていうか、おれの人生がそもそも最低なんだけどね。住んでるアパートはぼろいし、嫁どころか彼女もいないし、これといって趣味もないし。業務連絡以外で最近かかってきた電話といったら、都民税の支払い期限を過ぎてます、だってさ、税務署から。SNSもいろいろやってみたけど、いいねなんて一回もつかないままほったらかし。メッセージアプリに届くのは、企業からの宣伝だけ。終わってるよな」

驚いたことに、野中の肉体はくすっと自嘲的な笑みを漏らしさえした。なんのつもりか、対向車が軽くクラクションを鳴らす。

「こんなことになったのは全部、川原、おまえのせいなんだよ。おまえのせいでおれの人生はめちゃくちゃになったんだ。おまえはまた同じことをしたんだな。笹岡花の人生をぶち壊して、今度は自殺未遂までさせてしまった。ああ、おまえならやるよ。おまえはそういうやつだ。そのせいでこっちは大迷惑だったよ。まるで殺人犯みたいな扱いでさ。でもそれも今日で終わり。おれの名誉は回復され、人生はずいぶんましなものになるはずだ。おまえに奪われた人生を、おまえから取り返したってとこか。まあ、全然足りないけどさ」

川原の反応はない。それでもエンジン音に負けない声で、野中はひとりしゃべりつづける。ほとんどわめいているのに近い。

目に刺さる対向車のライトが少しずつ増えてきた。カーナビに表示された現在地も参考にしつつ、建物が集まっているほうへハンドルを切る。町なかに入れば、警察署か、せめて交番が見つかるはずだ。

考えは当たり、ほどなく警察署の看板が目に飛びこんできた。示された交差点を曲がり、すぐに見えてきた駐車場に滑りこむ。「よし、よし、よし……」興奮で息が荒くなる。

追ってくる車はない。ここまでは逃げきった。「よし、よし、よし！」あとは警察署に駆けこんで保護を求めるだけだ。

もどかしい思いでエンジンを切り、シートベルトを外す。

口に布を押し当てられたのは、まさにその瞬間だった。

突如、背後から伸びてきた二本の腕が、野中の上体をがっちりとシートに固定した。一瞬にして恐怖が全身を貫く。反射的にもがくが、頭をヘッドレストから浮かせることもできない。手は手首から先が動くだけで、足をばたつかせても、押さえつけられた体はびくともしない。声も完全に封じられている。

布にはなにか薬剤が染みこませてあるらしく、頭がくらくらした。嘘《うそ》だろ。なんで。たちまち力が抜けていく。意識が闇の底へと引きずりこまれていく。

やめてくれ。助けてくれ。おれは、死にたくない……。

気がついたとき、野中は椅子に座らされていた。

目の前にベッドがあって、女が横たわっている。体には何本もの管がつながれ、鼻と口は人工呼吸器に覆われている。枕元には点滴と、数値やグラフが示されたモニター。

笹岡花だ。

思わず腰を浮かせ、ふらついてベッドの柵に手をついた。頭の芯がずんと重い。野中はどさりと椅子にくずおれ、ぎこちなく背後を振り返った。全身が小刻みに震え、歯がかちかちと鳴っていた。

生成《きな》りのカーテンを引いた窓を背に、スガとカトウが立っている。一方、ベッドを挟んだ向こう側、花の足元には、パイプ椅子に腰かけた見知らぬ男女の姿がある。

「いったい……」状況がまったく理解できない。

警察署にたどり着いたところで、何者かに薬を嗅がされて気を失った。あれからどのくらい時間がたっているのか。なぜここへ連れてこられたのか。なにより〈さんず〉の連中は自分をどうしようというのか。混乱と恐怖でどうにかなりそうだ。

「ここは笹岡花さんが入院している病室です」カトウがあいかわらず事務的な調子で言った。

「我々は笹岡さんの依頼を受けて動いていました」

「は……？」

わけがわからないままに花を見た。二か月ぶりに対面した本物の花は、目をつぶって身じろぎもせずにいるせいか、幻影よりも精気に乏しく見えた。赤みのない顔に無機質な蛍光灯の光が当たっている。彼女の枕元に〈さんず〉のマスコットフィギュアが置かれているのに気づいた。

「最初からお話ししましょう。十二月十日、笹岡さんは電車に飛びこんで自死をはかり、昏睡《こんすい》状態に陥りました。しかし二週間後の十二月二十四日、意識を取り戻したんです」

カトウが言うのと同時に花が目を開けたので、野中はびくっと震えた。花は無表情の顔を天井へ向けたまま、瞳だけを動かして野中を見た。目が合うが、なにも言葉が出てこない。花もなにも言わない。

「笹岡さんは脊髄の損傷により、首から下が不随になっていました。経緯は省略しますが、彼女は弊社の存在を知り……」

「ちょ、ちょっと待ってくれ」

とても理解が追いつかない。いま、カトウはなんと言った？

「不随……？」

「はい。笹岡さんは自分の意思で体を動かすことはできません。残念ながら、現在の医学では回復の見こみはないそうです」

野中はおそるおそる花の体に目を向けた。布団に覆われているせいか、ぴんと来ない。フズイという単語が知らない外国語のように脳内をさまよう。笹岡花が自殺未遂をした。入院した。それ以降を考えたことがなかった。

「笹岡さんは弊社に自殺幇助を依頼しました。野中さんと同じく〈よりそいプラン〉のほうです」

野中ははっとしてベッドの向こうに座る男女を見た。二十代の細身の男と、おそらく未成年の黒髪の少女。

「笹岡さんを担当しているタケナカとマツモトです。彼らは笹岡さんのヒアリングを行い、自死する前に原因を作った人物に復讐したいという依頼を受けました。つまり野中充さん、あなたにです」

なにを言われたのか、すぐには理解できなかった。目と口をぽかんと開けて、タケナカとマツモトを、カトウとスガを、そして花を見る。

「なに、言ってるんだ。原因はおれじゃなくて川原だろ？」

川原との関係が自殺未遂の原因だと、彼自身が認めたのだ。

「ねえ笹岡さん、そうだよね？」猫なで声になっているのが自分でもわかる。答えない花の目には明らかな軽蔑の色があるが、なりふりかまってはいられない。

「いえ、復讐相手は野中さんで間違いありません」

淡々と告げるカトウを、野中は勢いよく振り返った。パイプ椅子が軋む。

「笹岡さんはあなたからのハラスメントが原因で心を病み、衝動的に電車に飛びこんだんです。担当のふたりが本人から直接そう聞いています」

「そんな、だって川原は」

「笹岡さんと川原さんは、野中さんが考えているような関係ではありませんでした」

「嘘だ。川原は認めた」

「その男は川原勝さんではありません」

「は？」

「川原勝さんは三か月前に病気で他界しています。ウェブには情報が残ったままでしたが。私たちが拉致した川原は、こちらのタケナカが演じた偽者でした」

「偽、者……？」

言われてみれば、野中は一度も川原の顔を見ていない。スガとカトウによって拉致されたときからずっと、彼の頭部には黒いビニール袋がかぶせられていた。あれは川原にこちらの顔を見せないためではなく、野中に偽者の顔を見せないようにするためだったというのか。

「あなたに薬を嗅がせたのは、偽の川原、すなわちタケナカでした。手足を縛ったロープは簡単にほどけるようになっていたので、隙を見て荷室から移動したんです」

「なんで、そんなこと……」

急に息苦しくなって、ウィンドブレーカーの胸元をつかんだ。エアコンの効いた病室で、野中以外はみんな上着を脱いでいる。野中ひとりが汗だくで、その汗がウィンドブレーカーにまで染みている。

「笹岡さんは野中充の死を望みました。しかし弊社の規定で依頼者以外を対象とした殺人は行えません。そこで担当のふたりは、あなたについて調査し、みずから死を選んでいただくことにしました。人格や現状から、うまく誘導すれば自死させられると判断したのです。弊社のサイトに案内したところ、案の定、あなたは〈よりそいプラン〉に申しこみました」

カトウの言葉がうまく頭に入ってこない。

「ただし、笹岡さんはあなたへの復讐に条件をつけていました。もしも野中さんが反省しているなら死なせなくてもいい。だがまったく反省していないなら、自分以上の苦しみを与えて死なせてほしいと。私とスガが行ったヒアリングは、あなたにとって重要な分岐点でした。あなたが反省の意思を示していたなら、笹岡さんの意向を汲《く》んで、私たちはきわめて積極的に自死を思いとどまらせる方向で動くこともありえたのです」

反省。反省。反省。同じ言葉が何度も繰り返される。

「しかし、あなたは笹岡さんに対するハラスメントを認めず、むしろ非は彼女のほうにあると主張しました。私たちがハラスメントの実例を挙げても、川原勝への復讐以外に心残りはないのかと念を押しても、ついに反省の気持ちを口にすることはありませんでした」

しておきたいことは。すべきことは。会っておきたい人は。そういえばしつこく訊かれたと、遠い昔のことのように思い出す。

「私たちは笹岡さんの出した条件に従い、野中さんの自死に寄り添うことに決めました。彼女以上の苦しみを与えたうえで」

自分を抱く手に力がこもり、爪が肉に食いこんだ。

「そこで川原勝さんを利用することにしたんです。あなたにはものごとを自分に都合のいいように捉え、強く思いこむ傾向があるようなので、ひとつの情報に対してどういう思考をたどるのかは容易に予測がつきました。実際、川原さんと笹岡さんに仕事上の接点があったというだけで、そこにさまざまな要素をこじつけ、ふたりの関係を邪推して自殺未遂の原因にしたてあげた。そして川原自身がそれを認めるなり、すっかり安心して自死する気などまったく失《う》せてしまった。あなたはきっと思ったでしょう、ああ助かったと」

　野中の喉からあえぐような息が漏れた。

花の自殺未遂を知って、もう死ぬしかないと思いこんだ。だが死ねなかった。本当は死にたくなんかなかったからだ。なんでおれが。どうしておれが。そうだ、本当は自殺なんてまっぴらだった。ただだれかに助けてほしかっただけだ。野中自身も気づいていなかった本音を、〈さんず〉の連中は見透かしていた。

　ずっと黙っていたスガが静かに口を開いた。

「笹岡さん以上の苦しみをって言われて、おれ、彼女に訊いたんだ。いちばんの苦しみってなんだと思うって。そしたら」

「……絶望」

　ふいにしわがれた声が割って入った。抗《あらが》えない力に操られるように、野中はこわばった首をひねって声のほうを見た。自分が壊れかけの機械になった気がした。呪いにかかったようでもあった。

以前とはまるで違う老婆のような声は、たしかに花が発したものだ。

「笹岡さんがそう言ったから、おれたちはいったんあなたに希望を与えた。助かったと思わせた。最初からあきらめているより、一度は手にしたはずの希望が奪われるほうが、絶望は深いから。どう、合ってる？」

ぜえぜえと荒い息をしながら、花は瞳だけで野中をじっと見据えている。わたしを見ろとその目が訴えている。

――わたしの体を見ろ。おまえのせいで動かなくなった体を見ろ。この程度ならと安く値踏みして下心を抱いていた女を見ろ。おまえのせいで自殺するわたしを見ろ。

「ああ、ああ、ああ……」

思わず後ずさりしようとして、椅子ごと床に倒れた。それでも花のまなざしは追いかけてくる。

――おまえは身勝手な人殺しだ。勝手に理想を見て、勝手に幻滅して、心を殺した。楽しんでいたんだろう？　快感だったんだろう？　そしてこれから体をも殺す。

野中は床を這《は》いずって逃げようとした。だがどこへ逃げればいいのかわからない。

どこへ逃げても花の目がついてくる。おまえは一生、許されない。

——わたしは死んでもおまえを憎みつづける。

「助け……」

——死ね。

うわあああああっ。絶叫とともに野中は病室を飛び出した。おれだった。花を殺したのはおれだった。やめろ。追いかけてくるな。もうおれをいじめないでくれ。だれか。いや、だれかなんていやしない。だれも助けてなんかくれない。死にたくなかった。でも死ぬしかない。おれにはそこしか逃げ場がない。

逃げて逃げて、たどりついたところは屋上だった。眼下には他人ばかりの街が広がり、冷たい夜風が背中から吹いていた。

「ああ……おれ、いま、死にたいじゃん」

どうしても踏み切れなかった心に、だれかの手が添えられている。

とーん、と押された気がした。

野中は薄く笑って柵を越えた。

ベッドに横たわる花の顔には、穏やかな笑みがあった。野中が絶望のなかで命を絶ったという報《しら》せは、彼女を満足させたようだ。

「いいですか」

花の腕に新たなチューブを差しこみ、眼前に特殊モニターの設置を終えたタケナカが尋ねた。花は笑みを深くすることで応える。視線追跡による制御システムが搭載された薬物投与装置。特定の方向に視線を三回向けることを繰り返すと、致死薬がチューブに流れこむ仕組みだ。

ちょい待ち、とスガは思わず声をあげた。カトウがちらりとこちらを見た。

「やっぱり気持ちは変わんないの？　あんたにひどいことしたクソヤロー、もういないよ」

花がゆっくりとまばたきする。

スガは窓際の棚に顔を向けた。日用品とともに、携帯音楽プレイヤーが置いてある。

恋人が次々に新しい曲を入れるのだと、前にタケナカから聞いていた。花は自分ではイヤホンを装着することもボタンを操作することもできないので、たいていは彼が見舞いに来たときに聴かせてもらう。ここにパソコンを持ちこみ、入れる曲を一緒に選ぶこともある。

彼は花の所属する小劇団の演出家で、〈さんず〉の調査によれば、俳優としても人間としても彼女に惚《ほ》れこんでいたらしい。伝手《つて》を頼って花を例の深夜ドラマに推薦したのも彼だった。病室には一日も欠かさず通ってきている。

花も音楽プレイヤーに目を向けたが、ごくわずかな時間のことだった。スガに視線を戻して口を開く。

「わたしはなにより大切な夢を失ってしまった。絶望のなかでは生きられない」

しわがれて弱々しいが、きっぱりとした口調だった。

「もういい？」

黒髪の少女、マツモトが感情に乏しい声で尋ねた。すでに野中の遺体は発見されているだろう。一刻も早く撤収したほうがいい。

「おまえらは帰っていいぞ」

タケナカが言ったが、スガはその場を動かなかった。

モニターにサンチャンの姿と「システム起動」の文字が表示される。

花の唇がかすかに動く。口にしたのは芝居の台詞《せりふ》だろうか。

そして彼女はまなざしで死への扉をノックした。一回、二回、三回。見た目にはわからない致死薬がチューブを通って血管のなかへと流れこむ。花はほほえんで目を閉じた。

ややあって棚の上にあった花のスマホが震えた。花は反応しなかった。

画面を見ると、メッセージが表示されている。恋人からだ。

『いい曲、見つけたよ。今日、持っていく』

スガは病室を出た。どんなに愛されていても、必要とされていても、止められない死がある。どうしようもなく存在する。

エレベーターホールでカトウに追いつかれ、どちらも無言で一階まで降りた。院の内外が騒がしいのは、野中の件の影響だろう。

夜間専用の出入り口から駐車場へ出て、野中が落ちたあたりを振り返る。未明の冷気は骨までしみるようだが、病室内はやや暑かったので、ほてった頬には心地よい。見上げれば満天の星だった。吐いた息があざやかに白く浮き上がり、すぐに融《と》けていった。

「カトウさん、笹岡さんがしたことって殺人だよね」

「そうだな」仕事を終えたカトウは、先ほどまでとは違って雑な口調だった。

「あと、おれらが野中さんにしたことって詐欺だよね」

「だったらなんだ。俺たちが誠意を尽くさなくてはならないのは、依頼人じゃない。わかってるだろ」

カトウの目がわずらわしげにスガを見た。

「それより、笹岡花に対するおまえのもの言いはなんだ。自殺を思いとどまらせるようなことを言うのは、ルール違反だ」

「いや……」

「それに、真実自殺を思いとどまらせたいとしても、おまえの言動は適切ではない。相手の感情を否定せず、話を聞くのが正しい方法だ」

相棒として組んでいるからたまに忘れそうになるが、カトウがその気になれば、数秒でスガの首をへし折れるらしい。こんな夜道でいらつかれるのは、ぞっとしない。

スガは強引に話題を変えることにした。

「腹へったなあ。なんか食べてく?」

「俺はそれより煙草《タバコ》を吸いたい」証拠を残さないために、仕事中は禁煙が義務づけられている。

「あ、そう。じゃ」

「ああ」

風もないのに梅の枝が揺れていると思ったら、メジロが来ているのだった。咲きこぼれる白い花が、澄んだ青空によく映える。重厚かつ壮麗な屋敷に、和洋折衷の優美な庭園。美術館か結婚式場のようだといつもスガは思う。それは生活が感じられないということでもある。

庭園の各所には充分な間隔を空けて一点物の椅子が置かれ、市販品ではない最新のVR機器もしくはオーディオ機器を装着した男女が座っている。平均年齢は七十五歳以上。ジャージ、羽織袴《はかま》、メゾンのオートクチュール、アンダーウェアなど、身なりはそれぞれである。

実質的階級社会であるこの国の上位0・1％に所属する彼らは、〈さんず〉のスポンサーだ。

現在、機器を通して彼らが体験しているのは、〈サンチャン〉に内蔵された高性能録画装置によって記録された、野中充と笹岡花の死に至るまでの道程だった。もっとも、社則によって依頼人たちに〈サンチャン〉の機能を明らかにすることは禁止されているので、野中も花も、自分たちの死がこのような形で公開され消費されるとは夢にも思うまい。

依頼人が死に至るまでのすべてを記録し、新鮮かつ希少な体験としてスポンサーに提供すること。それが〈さんず〉の存在理由だ。

AIを用いてSNSの投稿を解析し、絶望的な内容や自殺をほのめかす発言を検出する。加えてビッグデータを解析し、検索履歴及びネット上での行動パターンから自殺志望者を特定する。そこに大企業グループのネットワーク力が加わることで、「死にたがっているが心残りがあって死ねない人間の前に白いカードを持って現れる自殺幇助業者」という都市伝説が実現される。

依頼人は大まかにカテゴライズされてスポンサーたちに知らされる。今回であればこんな具合に。

男性／氷河期世代の被害者／ミソジニスト／弱者男性／復讐
女性／ハラスメント被害者／俳優／頸髄《けいずい》損傷／復讐

スポンサーたちは自分の好みで鑑賞会に参加するかどうかを決める。記録は映画程度の長さに編集されて提供される。

スポンサーたちがここに集う理由は様々だ。心を動かす刺激を求める者。特権階級にしか享受しえない体験に価値を見出《みいだ》す者。とうに生に飽いているにもかかわらず生にしがみつくことを求められ、他者の死を通して自らの生を再評価しようという者。

遠くない死に向けての学びとする者。彼らの動機になにか共通点を見出そうとすれば、きわめて個人的、ということになるだろうか。

——とてつもない金持ちの、行きつくところまで行った悪趣味な道楽だ。

スガと組んだ最初の仕事の帰りに、カトウは自社をそう評した。

——持つ者の力のすべてを使って、自殺しようか迷っている人間を観察、分析しつくして、人助けの態《てい》で背中を押す。依頼人の大半は、俺たちにさえ見つからなければ死なずにすんだだろうな。

——でも、無理強いはしないってことになってるでしょ。自殺する自由っていうの？　それとも権利？　選択肢を与えたいだけだって。勧誘受けたときに聞いたよ。

——「世界じゅうの人が死ぬなと言っても、我々だけは死んでもいいと言ってあげたい。人には選択肢があるべきです」だったか。世の中には、理念を持って自殺幇助を行っている団体もたしかにあるが、うちはパッケージだけだ。

スガの問いに、カトウはおもしろくもなさそうに応じた。

——自殺というのは、取り返しのつかない不可逆的な選択肢だ。だからこそ、積極的安楽死あるいは医師幇助自殺を認める国々でも本人の意思が必要不可欠とされる。不可逆だからこそ、安楽死先進国と言われているスイスの自殺幇助団体でも、面会を何度も行い、さらにクールダウンの時間も設けるなど慎重を期している。自殺幇助の対象となるにも、細かい条件が設定されているところのほうが多い。うちの会社のように、迷っている状態の人間から迷いを消して、自殺に向かって背中を押すなんて国も団体も現状ないんだ。うちの場合はさらにたちの悪いことに、アンダーグラウンドな業者を巻きこんでしまった時点で依頼人の大半は腹をくってしまう。まれに撤回するやつもいるが、ふつうはイエスオアイエスだ。自己決定権が聞いてあきれる。

——実質、選択肢はないってわけだ。

——選択肢を与えたいなら、心は決めているが手段がない相手に手を差し伸べればいい。なのになぜ心残りがある者だけを対象としているか？　スポンサーたちが依頼人のストーリーにバリエーションを求めているからだ。理念なんてない。もしおまえが社会的な意義を見出して入社したなら、すぐに失望することになる。

カトウの見解はもっともで、スガは納得した。以降、道楽のための人殺しの手伝いをしているという認識でスガも働いている。そう、スガにも理念などない。

スポンサーたちがいっせいに機器を外した。野中充と笹岡花の鑑賞会が終わったのだ。

それぞれのタイミングで彼らは席を立ち、言葉をかわすことなくばらばらに庭園を去っていく。彼らなりに苦しかったり、絶望的に退屈だったりする日常に戻っていくのだ。

洋館の二階の窓に立って庭園を見下ろしていたスガは、最後のひとりがいなくなるのを待って窓に背を向けた。ソファとローテーブルとミニキッチンという無個性な空間。ここは〈さんず〉のエージェントの待機室だ。スガたち以外のペアは出払っているため、カトウとふたりきりだ。情報分析チームはまったく別の場所にオフィスがあるそうだが、スガたちはその場所も彼らの顔も知らない。

カトウはソファに腰かけて目の前に置かれた高価そうなケーキをじっとにらんでいる。給料と待機中の環境は優良だ。スガもカトウの斜め向かいに座り、自分用に用意されたケーキにフォークを伸ばした。力加減を誤って横に崩れ、飾りのいちごが転げ落ちてクリームに穴が開く。

――料理は上手なのに、食べるのは下手だよねえ。

懐かしいあきれ声が聞こえた。連鎖的に、記憶に焼きついて消えることのない姉の後ろ姿が脳裏に浮かぶ。ばかみたいな黄色のマフラーと、制服のプリーツスカート。背にかかる髪がふわりと舞い上がる。階段の最後の一段をぴょんと飛び降りるみたいに、彼女は高いところから跳んだ。

双子の姉だった。仲がいいとか悪いとか、そんなのは考えたことがなかった。ただ生まれたときから一緒にいて、互いになんでも知っていた。世間から気持ち悪いと言われるくらいに、ひとつだった。彼女さえいれば、他人なんかどうでもよかった。

それなのに、彼女は一方的にスガを置き去りにしていなくなった。

姉の死に対し、なにか答えを探しているわけではない。見つかるわけもないと思っている。答え合わせをしてくれる姉はもういないし、どんな答えであってもスガはきっと納得しない。人がみずからを世界から消し去るとき、そこには埋めることのできない穴がぽっかりと開くのだ。残された人間は、穴の縁《ふち》に立ち尽くすことしかできない。

花のことを考えた。野中に復讐したいと彼女は望んだが、正直スガは、人生の最後の心残りがそんなことなのかと思ってしまった。しょせん他人の人生なんて他人事のストーリーとしてしか受け入れられないから、どれほどの切実さがあったとしても腑《ふ》に落ちない。ただ、彼女の表情だけはくっきりと網膜に焼きついた。

飛び降りる瞬間の姉がどんな顔をしていたのか、スガは見ていない。想像もできない。だからこの仕事をしている。みずからを殺す、みずから死ぬ人間がどんな顔をしているのか、ただ見たい。そういう意味では、スポンサーたちに近いのかもしれない。

いや、スポンサーたちより特等席で、彼らを観察している……。

ふと見れば、カトウの皿はすでに空になっていた。甘いものは苦手そうな顔をしているが、じつはそんなことはないのだ。カトウがなんのために〈さんず〉の仕事をしているのか聞いたことはないが、高価なスイーツを食べるためという理由だったらおもしろいかもしれない。

仕事用のスマートフォンがポケットのなかで振動した。新たな依頼が来たのだ。

スガは口を拭ったナプキンをテーブルに置いた。

窓の外で、メジロがぱっと飛び立った。なにを探しに行ったのか知らないが、きっと見つからないだろうと思った。

第二話　最愛のあなた

「私、公衆トイレで生まれたんです」

三十分前に会ったばかりの人たちにこんなことを打ち明けるのは、とても奇妙な感じだった。もちろん進んで話したいとは思わない。だが、なんとしても納得させなければならない。

死にたいという気持ちを。

自殺幇助業者の話は聞いたことがあった。

死にたがっている人間のもとに、どこからともなく白いカードが届く。それには、とある業者に連絡を取る手段が記されている。彼らは報酬と引き換えに望む死をもたらす。依頼人の死後、カードはどこへともなく消えている……。

そんな漠然としたうわさ話だ。

ただの都市伝説だと思っていた。けれどいま、傍らに置いたハンドバッグのなかには、まさにそのカードが入っている。

カプセルホテルで途方に暮れていたとき、清掃員の男からふいに手渡された。本当に清掃員だったのかいまとなってはあやしいものだが、それらしい制服を着て道具を持っていたし、物腰や雰囲気も、まったくそうとしか見えなかった。働くことしか知らないという顔をした、七十を超えたくらいの小柄な男だった。

カードは名刺大で、なにも書かれていなかった。裏返すと、二次元コードだけが印刷されていた。チラシのたぐいだと思い、ごみ箱に放りこもうとしたところで、自殺幇助業者の話を思い出した。まさか、これが。

二次元コードを見つめてしばらく迷った。やっぱりただのチラシかもしれない。いかがわしいサイトに誘導されたり、詐欺やウィルスの餌食になるかもしれない。でも。

死にたい。死ななければならない。一刻も早く。けっして死体が発見されることのない形で。

その方法がどうしても見つからない。

ホテルに閉じこもってもう一週間がたっている。タイムリミットが迫っている。

藁《わら》にもすがる思いで、プリペイド式のスマホで二次元コードを読みこみ、表示されたサイトにアクセスしてみた。

有限会社さんず ―― Suicide Support Service ――

心臓がどくんと鳴った。都市伝説ではなかったのか。少なくともホームページには自殺幇助業者と記されている。

『死にきれないあなたのお手伝いをいたします』という惹句《じやっく》の下に、詳しい説明があった。様々な条件や制約はあるものの、要約すると、死の障害となっている問題を解決し、死に当たっての要望を叶《かな》えることで、依頼人をスムーズに自死に導くという。

さんず。聞いたことがない。調べてみたが、有益な情報は手に入らなかった。いたずらか、金銭や情報を狙った犯罪の可能性が高い。

けれども時間は過ぎていき、よい方法は見つからない。

ひと晩考えて、ふたつ設定されたコースのうち、〈よりそいプラン〉に申しこんだ。

三嶋紀子《みしまのりこ》。三十五歳。

指定のフォームに入力していく作業は、まるで旅行の予約をしているようだった。死出の旅と思えば、そのとおりかもしれない。白いカードはさしずめ、三途の川の渡し船のチケットだ。旅の動機を含む、必須項目だけを入力した。日時と場所を指定すれば担当者が会いに来るというので、その日の二十二時、場所はホテルの近くのファミレスとした。

信用できない相手と会うのに、この選択は正しかったと思う。平日の遅い時間帯のファミレスに客はまばらで、人目につかず、しかしまったく人目がないわけでもない。

駐車場に停まっていた車の窓で、自分の姿をチェックした。ブラウスといいスカートといいサンダルといい、なにからなにまで地味で安っぽい。似合わない茶色に染めた、しゃれっ気のないショートヘア。厚塗りのわりに荒れた肌をカバーしていない化粧。とどめに、流行を無視した気が滅入《めい》るような眼鏡。どこにでもいる垢抜《あかぬ》けない女だ。

店員と目を合わせることなく、待ち合わせですと告げて奥のテーブル席に陣取った。店内はクーラーが効きすぎていたので、ホットコーヒーを注文した。

彼らは約束の五分前に現れた。サイトはやはりいたずらで、待ちぼうけを食う可能性もおおいにあると覚悟していたが、本当に来た。

ほかにそれらしい客がいなかったせいか、すぐにこちらがわかったらしい。

「三嶋紀子さん？」

愛想よく声をかけてきたのは、Tシャツにカーゴパンツの青年だった。胸にプリントされたダチョウのイラストも手伝って、お気楽な大学生というふうに見えた。

「……ええ」

「はじめまして。おれは〈さんず〉のスガ。こっちは同じくカトウさん……じゃなくてカトウ。そしてカトウが抱いてるのは、弊社マスコットキャラ、カッパの〈サンチャン〉」

後ろに立っていたスーツの男が、カトウです、と会釈した。こちらは四十代くらいだろう。そこそこのスーツだ。へんに高級でもなければ、ぺらぺらの安物でもない。顔つきも真面目で、一見堅実なビジネスマン風だが、スーツ越しにも見て取れる筋肉からは別の業種を想像させられる。腕のなかにいる緑色のマスコットキャラとのミスマッチがすごい。

カトウがホットコーヒーを注文し、ドリンクバーを注文したスガは、すぐに席を離れてジュースを手に戻ってきた。カルピスとコーラを混ぜたのだと、訊きもしないのに教えてくれた。フレンドリーな態度は、相手を安心させるためのテクニックなのかもしれない。

ノートパソコンとサンチャンをテーブルに置いたカトウが、〈さんず〉という会社の概要や業務内容をあらためて説明した。注意深く聞き、様子を観察していたが、嘘をついているかどうかの判断はできなかった。

「問題と要望を正確に把握するため、我々は最初に口頭でのヒアリングを行います。申し込みの際に簡単に書いていただきましたが、文章ではニュアンスなどが正確に伝わらないこともありますから。もう一度詳しく、自死の動機を教えてください。恋愛と書かれていましたが」

賭けてみようと腹をくくった。ほかに手はないのだ。眼鏡の位置を直し、おどおどと目を伏せて口を開く。

「もう十年近く前のことです。私が大学院生のとき、所属していた研究室の教授が刺殺される事件が起きました。犯人は竹山《たけやま》という男で、大学の前のたこ焼き店でアルバイトをしていました。教授とは面識がなく、動機については『だれでもよかった』と語ったそうです」

報道された事件なので、調べればすぐにわかる。

「私は学部生のころから、ときどきそのたこ焼き店を利用していました。でも、竹山さんがいつから働いていたのかは覚えていません」

青のりは抜きですよね、と訊かれ、あ、はい、と答えた。それが竹山とはじめてかった。胸の名札で苗字《みょうじ》を知ったのは、あまりにも後だった。


わした会話だったと思う。院生になってすぐのころだった。胸の名札で苗字《みようじ》を知った。

　おそらく二つ三つ年下で、中肉中背。顔をぼんやりとしか思い出せないのは、あまり見ていなかったせいだろう。たこ焼きをひっくり返す手つきが小気味よくて、彼が店に立っているときはそればかり見ていた。右の小指がうまく曲がらないようで、昔バイクで事故って、と言葉少なに聞かされた。よくおまけしてくれた。いつも焼きたてを用意してくれたから、待っているあいだに、たわいない世間話をした。互いに無口なたちで、会話は常に途切れがちだった。

　お疲れですか、と訊かれたのは、事件の一か月ほど前だったか。

「当時、私は教授との人間関係で悩んでいました。その、つまり、セクハラで」

　教授を尊敬していたし、嫌われたくなかった。だからおぞましい要求がどんどんエスカレートしても、逆らうことも被害を訴えることもできなかった。いま思い出しても身の毛がよだつ。

「そのことを竹山さんに少しだけ打ち明けたんです。打ち明けたといっても大げさな話ではなくて、ぽろっとこぼした程度ですけど。具体的な話はまったくしていません。そんな間柄じゃなかったし、それに……私みたいなのがセクハラに遭ってるなんて、笑われるに決まってると思って。勘違いするなとか、男の側にも選ぶ権利があるとか。

でも竹山さんは笑うどころか、どうにかして事情をつかんで、それで」

肩をすぼめ、スカートをぎゅっとつかむ。

「だれでもよかったなんて嘘です。竹山さんは私のために……」

「でも、竹山さんとはつきあってたわけじゃないんだよね？」

スガの疑問はもっともだった。つきあっていたどころか、フルネームさえ事件後の報道ではじめて知ったのだ。

「私も本当に驚きました。それでも、あの人が無差別殺人を犯したというよりは納得がいくんです。あとから考えると、彼は思いつめていたような気もして」

「竹山さんはヤバイ人だったんだね。つきあってもいない女のために殺しをやるなんて。え、もしかしてそれで好きになった？」

「私は竹山さんの行動に心を打たれたんです。そのときはじめて彼を愛《いと》おしいと思いました」

「いちおう確認するけど、三嶋さんの妄想じゃないよね？　本人と話はした？」

「面会に行ったけど、会ってもらえませんでした。だから彼の口からはなにも聞いていません。でも面会を拒否されたことで、かえって私の想像は間違っていないんだと思いました。竹山さんは私を、私なんかを、愛してくれていたんだと」

傍聴に行った裁判でも、竹山は沈黙していた。被害者に苦しめられていた大学院生のことは、最後までひとことも口にしなかった。それを話せば、情状酌量の余地があったかもしれないのに。下された判決は、懲役十年。

「彼を待とうと、私、決めたんです。竹山さんの出所を待って、彼がまだ私を想《おも》ってくれていたなら、その気持ちに応えようと。でも……」

コーヒーで口を湿らせ、またうつむく。言葉の続きが出てくるのを、スガとカトウは急かさずに待っていた。

「出所まであと一年といういまになって、急に不安になりました。彼が私を好きだというのが勘違いだったらどうしよう。当時はそうでも、九年のあいだに気持ちが変わっていたらどうしよう。それでもいいと最初は思っていたんです。でも、私はもう三十五です。この歳《とし》まで恋愛経験がありません。もし竹山さんが私をいらないと言ったら、この九年はなんだったんでしょう。私になにが残るんでしょう。私には身寄りもないし、たいした仕事をしているわけでもない。打ちこめるようなものもない。ただ彼を待つことだけが、九年間の私の人生だったんです。それがまったくの無意味に終わるかもしれない。それにいまの私を見たら、こんな女のために人生を棒に振ったのかと、竹山さんはきっとがっかりする。考えれば考えるほど不安でたまらなくなって」

「だから急いで死にたいと。竹山さんが出所する前に」

「十年間の結末を迎えるのが怖いんです。いまのまま、彼を待っている私のまま、私にとっても彼にとってもきれいなままで終わりたい」

スガが真顔で言った。「待つのをやめたらいい、って話にはならないんだよね？」

「竹山さんは私のために殺人まで犯したんですよ。裏切れません」

「竹山さんを待つっていうのは、三嶋さんが勝手に決めたことではあるよね」

「……私、公衆トイレで生まれたんです」

唐突な告白に、スガが目を丸くする。カトウの表情はほとんど変わらないが、眉がかすかに動いたようだ。

「公園のトイレだそうです。母親がどんな人かわかりませんが、だれにも妊娠したことを打ち明けられず、ひとりでひそかに出産したんでしょう。そしてそのまま置き去りにした。死んでもいいと。公衆トイレに。私は親に裏切られて生まれてきたんです。運よく保護され、十八まで養護施設で育ちましたが、正直あまり幸せだったとは言えません」

「トイレの子」と陰口をたたかれた。自分自身もそれまで知らなかったのだが、職員たちが話しているのを聞いたという子が、みんなに触れまわったらしかった。実の姉妹のように思っていた子だった。

自暴自棄になりかけた時期があり、あいつは援助交際をしているとうわさが立った。否定すると、職員は信じると言ってくれた。しかし続けて、自分の体は大切にしなさい、と意味ありげに諭した。

また裏切られたと思った。何度も何度も同じような経験をして、あきらめた。人は平等だといい、子どもは宝だという。でも、そんなきれいごとを信じていたって、どうせ裏切られる。

「私を裏切らないでいてくれた人。それは私にとっては特別な存在なんです」

その姿を思い浮かべた。心が揺れたとき、いつもそうしてきたように。

あなたは私を救ってくれた。私の理想、人生の道しるべだった。だから。

「私もあの人だけは裏切りたくないんです」

わかりましたと答えたカトウの口調は、あくまでも事務的だった。共感も同情も感じ取れない。

「ご自分の死をだれにも知られたくないというご希望でしたね」

話が先へ進んだことに、ひそかに胸をなで下ろした。どうやら納得させられたようだ。

「はい。具体的には、死体が見つからないようにしてほしいんです。死体が見つかったら、自殺だということが高確率で判明してしまいますよね。殺人を犯してまで救った女が自殺したと知ったら、竹山さんは傷つくでしょう。彼の犠牲を無駄だったなんて思わせたくないんです」

その方法さえ見つかれば、すぐにも死ぬつもりだった。断崖から海に飛びこむことも、樹海の奥で首をくくることも考えたが、確実とは言いきれない。

「では」

カトウはパソコンを操作し、画面をこちらへ向けた。自然豊かな写真のサムネイルがいくつも表示されている。

「自死に適した場所のカタログのようなものです。いずれも遺体が発見される可能性はきわめて低く、これまでに発見された例はありません。お好きな場所を選んでください」

面食らった。まるで夏休みを過ごすリゾートを選んでいるみたいだ。スガのTシャツのダチョウと、純粋な目でこちらを見つめるサンチャンのせいで、よけいにそんな気になる。

だが、カトウはつまり、これまでにそこで何人も自殺させたと言ったのだ。スガがカルピスコーラをかき混ぜた。氷の音が店内の寒さを思い出させる。口に運んだコーヒーはすっかり冷めていた。

「いちばん確実な場所は？」

「未来に確実はありません」

「でも、じゃあどうやって選べば……」

「たとえば、海と山ならどちらがお好きですか？」

思わずまじまじとカトウを見たが、気難しげにも見えるその顔に浮かんでいるのは、いたって真面目な表情だ。条件は同じなのだから、好みで選べということか。決めようとしているのはほかならぬ自分の死に場所なのだと、いまはじめて気づいた気がした。

「……海」

考えてそう答えたわけではない。突然、海の景色が頭に浮かんだのだ。竹山の故郷は海のきれいなところだったというのを、遅れて思い出した。たしかそう聞いた気がする。いままで忘れていたけれど。

「海にします」

複数の写真を見て、イメージにいちばん近い場所を選んだ。海面は青い布を敷いたように穏やかだが、その下には複雑で荒々しい潮流が渦巻いているという。観光地になっていない断崖がこんなにあるというのは、少しおもしろい発見だった。

「決行はいつになさいますか？」

「いますぐに」

待って、とスガが口を挟んだ。経路が表示されたスマホをこちらへ向ける。

「これからだと夜が明けちゃうよ」

夜のほうが発見されにくいのは自明だ。

なら別の場所に、と言いかけたとき、体にぴたりと寄り添わせたバッグのなかから、スマホがメールの着信を報せてきた。急場しのぎのプリペイド式のスマホ。そこに連絡してくる相手はひとりしかいない。

『お願いだから、私のために死んだりしないで』

胃のあたりがきゅっと苦しくなった。まばたきをして、まぶたに集まった熱を散らす。感情が顔に出ないよう注意しながら、すばやく返信した。

『もうだいじょうぶです。私がすべてきちんとしますから、あと少しだけ待っていてください』

あなたはきっと嘆いてくれるけれど。もしかしたら怒るかもしれないけれど。

送信済みの画面を数秒見つめてから、あらためて自殺幇助業者を見据えた。

「三嶋さん？」

「場所を変えてください。今夜のうちに死ねるところに」

一刻も早く始末をつけなくては。

彼女のために、私は――久川一香は死ななければならない。

二時間後に再び落ち合う約束をして、スガとカトウはいったん依頼人と別れた。

近くに停めてあった社用車に乗りこみ、扉を閉める。

「予想外にこみ入った事態になったな」

「まあ、申し込みのときに恋愛って書いてきた時点で予想はしてたけどねえ」

スガはパソコンを起《た》ち上げ、三嶋紀子こと久川一香《ひさかわいちか》のデータをもういちど確認した。

依頼人には言えないが、自殺志望者にカードが渡される時点で、自殺幇助に必要な情報は八割がた調べ終わっている。ヒアリングは残りの二割を補足するものだ。その二割のなかに、スポンサーの心をつかむ情報――エピソードが入っていることも多い。

久川一香は名前も素性も偽った。事実どおりなのは、不幸な生い立ちくらいか。

「久川さんの抱えている事情を考えたら、素性を偽るのも当然って気がするよ。それが彼女の望みなんだったら、いいんじゃない」

「かもな。だが隠し事をされると、思わぬ失敗につながりかねない。おまえも見ただろう、ファミレスで」

「ああ」

一香は気づいていないようだったが、三人の様子を少し離れた席からうかがっている男がいたのだ。

「事前調査どおりなら、あれって……」

「身のこなしからして、想定していた連中とは違う」

カトウは断言した。

「分析チームに連絡して、調べてもらう？」

「いや、そこまでする必要はないし、スポンサーの好み的にはしないほうがいいだろう」

「ライブ感ってやつね、めんどくさ」

「だいじょうぶだ、対処はできる」

カトウは煙草をくわえて火をつけた。彼がなにか考えているのがわかったので、スガはおとなしく自分の作業を進めることにする。

一香のデータを閉じ、専用のアプリケーションを使って警察のデータベースにアクセスする。分析チームに頼らずともこれくらいはできる。

調べたいのは竹山という男のことだ。一香のこれまでの人間関係についてはひととおり調査済みだが、竹山の名前は登場しなかった。〈さんず〉のリサーチから逃れたことからして、架空の人物である可能性もおおいにある。だが、もしも実在しているとしたら——。

ひとりの名前がヒットし、スガはほうと顎の下で指を組んだ。

彼らのほうにはいろいろと準備がいるとのことだったが、一香にはなにもない。ホテルに戻ってシャワーを浴びたら、鏡のなかにはさえないおばさんではなく、眼光鋭い抜け目のない女の顔があった。野暮ったい化粧で「三嶋紀子」を作りなおす。

荷物はハンドバッグと、着替えなどを入れた小さなボストンバッグだけ。そのなかに、自分が久川一香であることを示すものはない。身分証明書のたぐいも、もともと使っていたスマホも、みんな処分した。

三嶋紀子の名は、大学院で同じ研究室に所属していた同級生から勝手に借りた。その名前をネットで調べれば、当時の研究室の名簿が表示される。だが、いまどこでどうしているかを示す情報は出てこない。目立つような活動はせず、SNSなども実名では利用していないらしかった。業者もそれ以上は調べないだろう。そういう人物が同じ研究室にいてくれたのは幸運だった。

スガとカトウに語ったことは、だいたい事実だ。一香は公衆トイレで生まれ、児童養護施設で育った。大学院生のときに竹山と知り合い、彼が一香のために殺人を犯したのも本当だ。しかし、一香の死に竹山は関係ない。

窓のないこの部屋からは見えないが、壁の向こうには都会の夜景が広がっているはずだった。無数の明かりのもとに、無数の人がいる。そのなかで一香が大切に思う人間は、たったひとりしかいない。

中貫紘子《なかぬきひろこ》。

最初に名前を知ったのは、小学校に上がるときだっただろうか。施設の職員から新品の上履きを手渡され、「中貫さん」宛てに感謝の手紙を書くよう言われた。彼女は身寄りのない子どもを支援するNPOの代表で、一香のいた施設もずっと世話になっており、上履きは彼女からの個人的なプレゼントだということだった。

あとから考えてみると、当時の中貫はまだ二十代だ。もともと人の上に立つ資質に恵まれていたのだろう。そして志と行動力を兼ね備えていた。

一香からの手紙に、中貫は自筆で応えてくれた。賢そうな字だと思った。憧れて、勉強した。道を逸《そ》れかけたときも、学校の成績は優秀なままキープした。

大学進学を強く勧めてくれたのも、そのころには国会議員に転身していた中貫だ。費用の問題で最初から進学を選択肢に入れていなかった一香に、奨学金制度について教え、借りるのが不安ならば自分が出すとまで言ってくれた。

――子どもは親を選べないけれど、人生を選ぶことはできる。

一香の生い立ちを知っているからこその言葉だったろう。それは彼女の政治的な信念でもあった。すべての子どもに平等なチャンスをと、貧困家庭への支援や外国語で表記された教材の導入を推進した。難病の治療薬の認可にも尽力した。血のにじむような努力と、鋼《はがね》の精神があってこそ、なし得たことだ。

――もちろん、大学に行きたくないなら行かなくてかまわないの。ただ、お金のせいであきらめるのだけはやめて。あなたには学びたいことを学ぶ権利がある。なりたいものを目指す権利がある。その手助けができたら、私はとても幸せ。

一香は政治経済学部に進んだ。中貫が一香を助けたいと言ってくれたように、実際そうしてくれたように、一香も彼女の助けになりたかった。中貫の理念に共感し、彼女が描く未来をともに作りたかった。だから大学院まで出たあとは、迷わず中貫紘子の私設秘書になる道を選んだ。

——これまでの支援を恩に着ているなら、そんな必要はないの。もちろん、だれよりも信じているあなたが秘書になってくれたら、こんなに心強いことはないけれど。

中貫はけっして自分からは求めなかった。強制になってしまうことを嫌ったに違いない。一香の意思をなにより尊重するという姿勢は、出会ったときから一度も変わらなかった。だからこそ、と言うべきだろう。一香の決断を中貫はとても喜んでくれた。

与党に籍を置く中貫は、閣僚を歴任し、いまや日本初の女性総理になりうる人物と目されている。日本に女性の総理が誕生すること自体が有意義だと一香は信じているし、それは中貫紘子であるべきだ。近く行われる党の総裁選では、所属派閥のリーダーの当選が確実視されており、まさに追い風の状況だった。このまま順調にいけば、十年後には総理の椅子に座るだろう。

そんななかで対立派閥が目をつけたのが、中貫への不正献金疑惑だった。それは事実であり、そのあたりのことを一任されていた一香が、中貫の指示を仰がずに自分の裁量で受け取ったケースがほとんどだ。中貫は他者への支援は惜しまなかったが、お嬢様育ちのせいか、自身の金銭管理には無頓着なところがあった。一香がいなければ、資金繰りは早々に行き詰まっていたかもしれない。

中貫の片腕として、片腕になろうとして、がむしゃらに働いてきた。中貫の理念は正しい。ならば、それを実現するための過程は、必ずしも正しくなくてもいい。そう信じて、汚い行為にも身を投じた。自分の手を汚すことなどなんともなかった。むしろそれが誇りでさえあった。

不正が暴かれるのは時間の問題だ。じきにマスコミが騒ぎだす。東京地検特捜部が動いている気配もある。特捜部の取り調べの厳しさについては嫌というほど耳にしており、体力的にも精神的にも、自分に耐えきれるとは思えない。

不正献金疑惑が政争の火種になるのは避けられず、派閥のリーダーが総裁選に敗れるようなことになれば、中貫が責任を追及されるのは免れない。むろん事実が証明されてしまえば、中貫の政治生命は終わる。彼女の強みは、高潔な人柄に由来するクリーンなイメージだ。

一香の決断は早かった。すべての証拠を処分して、みずからの命を絶つ。どこへ身を潜めても敵は一香を見つけ出すに違いないが、死者に取り調べを受けさせることはできない。耐えきれずによけいなことをしゃべって、これ以上、中貫に迷惑をかけることはない。

だが、最重要参考人である私設秘書が自殺したとあっては、トカゲの尻尾切りのイメージがつくのは避けられないだろう。自分の一存で勝手にやったことだと遺書にしたためたとしても、世間は信じまい。

永遠に失踪することだ。捕まらず、死なず、ただ消える。死体が発見されなければ、そういうことになる。

中貫の疑惑は晴れないが、暴かれもしない。秘書が自殺したというよりは印象もましだろう。黒でなく、せめてグレーに留められれば、再起は可能なはずだ。中貫なら、必ず。

そう力説した一香を、中貫は血相を変えて止めた。

――ばかなこと言わないで。あなただけのせいじゃない。あなたを信じてすべて任せてしまった、私のミス。私のことを思ってしてくれたのよね。やり方は間違っていたけれど、気持ちには感謝している。それに、私のためにそこまで言ってくれるのもうれしい。でも、そんなことは絶対にだめ。

責められないからこそ、よけいにつらかった。潤んだ優しい目を見られなかった。

――対策はこちらで考えるから、あなたはどこかに身を隠していて。くれぐれも早まったことはしないでね。

そう念を押し、中貫はプリペイド式のスマホを一香に手渡した。あなたのスマホだと足がつくかもしれないからと。

そして、アルミホイルに包んだおにぎりを持たせてくれた。多忙の身でありながら、彼女はできるかぎり自分の食事は自分で作っていた。

そのアルミホイルは捨てずにハンドバッグにしまってある。見るたびに身を切られる思いがする。中貫の将来を、中貫が作るはずの日本の未来を、私が台無しにしてしまった。

スマホを確認したが、新たなメールは届いていない。有効な対策は見つかっていないようだ。やはり一香がけりをつけるしかない。

眼鏡をかけ、立ち上がった。

先生、あなたは正しい。いまの私があるのは、ただひとりあなたのおかげ。日本じゅうにいるかつての私のために、中貫紘子は必要な人。

私があなたを守ります。この命とひきかえに。

ホテルから二百メートルばかりのところにあるコインランドリーの駐車場が、業者との待ち合わせ場所だった。そこも含めて近くに深夜営業の店はなく、明かりもひと気もないので、だれにも見られずに出発するにはおあつらえ向きだという。

彼らの言葉は事実だったようで、ホテルを出て五十メートルも歩くと、あたりは格段に暗くなった。月も星もない、息苦しいほど湿った夜だ。自分の足音がはっきり聞こえる。汗がじわりとにじみ出る音さえ聞こえそうだ。

自分が緊張しているのがわかる。感覚が妙に研ぎ澄まされて、肌がぴりぴりする。怖いのか、と自問してみる。違う、覚悟は揺るがない。これは恐怖ではなく、強い使命感からくる緊張だ。

突然、すさまじいスキール音が響き渡り、立ちすくんだ。直後に、シャッターの閉まった商店の脇の道から、勢いよく車が飛び出してきた。黒っぽいワゴン。一香の目の前で急停止し、後部のスライドドアから男たちがすばやく降りてくる。ふたり、いや、三人。

一歩も動けず、悲鳴をあげることもできなかった。手袋を嵌《は》めた手で口を塞がれ、三人がかりで抱えるようにしてワゴンに押しこまれる。一瞬のできごとに思えた。とっさにもがいたが、なんの効果もなかった。

エンジンはかけっぱなしで、運転手は席にいる。必死でばたつかせた脚は難なく押さえつけられ、頬を平手で打たれてうなり声さえ封じられる。

先生。心で叫んだ。中貫先生。

スライドドアが閉まるのを待たずしてワゴンが動き出したとき、ガキッと音を立ててドアになにかが挟まった。はっと男たちが色めきたつ。

ドアが開かれるのと同時に、車内に向かってスプレーが噴射された。入れ違いに一香は車外へ引きずり出された。それもまた一瞬のできごとだったが、目や鼻に鋭い刺激を感じた。

「目をつぶって、息止めて！」

耳元で叫ばれ、反射的に従う。だれかに体を支えられてよろよろと駆け、もういいよ、と言われて目を開けた。隣にいるのはスガだ。一香は空気をむさぼり、咳《せ》きこんだ。それでも立ち止まることは許されず、半ば運ばれるようにして夜道を走る。

男たちのうめきと罵声が背後から聞こえた。思わず振り返ると、彼らは後部座席から出て苦しんでいる様子だった。全員、建設業の作業服のようなものを着ているのがいまわかった。一方、運転席の外では、同じ作業服の男がうつ伏せに組み伏せられていた。暗くてよく見えないが、押さえつけているのはカトウのようだ。

「見ないで、急いで」

スガに叱られ、前を向いて懸命に足を動かす。

目的地らしき駐車場が見えた。端にぽつんとワンボックスカーが停まっている。

スガはその後部座席のドアを開け、一香をなかへ押しこんだ。

「よかった、車に細工はされてないみたいだ」

ぐるりと周囲を回って確かめてから、再び後部座席を覗きこむ。

「だいじょうぶ？　催涙スプレー使っちゃったから」

早口で尋ねながら、来た道を気にしている。

すぐにカトウが姿を現した。スガが後部座席のドアを閉めて助手席に乗りこみ、カトウが運転席に収まる。後部座席のドリンクホルダーにはマスコットのサンチャンもいる。

ただちに発進した。暗い路地をいくつも経由して、二車線のそこそこ立派な道路に出る。地理が把握できていないが、ふたりに会ったファミレスもおそらくこの道沿いにあるのだろう。

スガが体をひねってペットボトルの水を差し出した。

「まずはこれ。なんなら目も洗って」

一香は素直に受け取ったが、開けようとしても手が震えてなかなかうまくいかなかった。震えているのは手ばかりでなく、膝も顎も全身ががくがくしている。どうにか開けて、水を喉に流しこんだ。幸いスプレーの影響はほとんど感じない。

人心地ついたのを見計らって、スガが次に差し出したのは一香のハンドバッグだった。一香はあっと声をあげて受け取った。

「落ちてたから、とっさにそれだけ拾ってきたんだ。ボストンバッグのほうは無理だった」

「いえ、ありがとうございます」

「けがしてない？」

頬を打たれたときに切れたらしく、口のなかに血の味がしていた。肘や脚もあちこちすりむいている。

恐怖があとから襲ってきて、答えようにも声が出ない。びっしょり汗をかいているのに、ぷつぷつと鳥肌が立つ。あの男たちはただ女をさらおうとしたのではなかった。明らかに一香に狙いを定めて、連れ去ろうとしていた。

「あのお兄さんたちに心当たりは？」

スガの目にもやはりそう映ったのだろう。一香はかろうじて首を横に振ったものの、頭のなかはひとつの考えでいっぱいだった。

もしや特捜部に見つかったのでは。公には知られていないが、彼らは公安顔負けの強引な手段をとることもあるという。そうでなければ対立派閥が人を雇ったか。あるいはマスコミが。野党が勘づいた可能性もある。中貫紘子の秘書の身柄を確保するために、敵は手段を選ばないつもりだ。どんな手を使っても生け捕りにして口を割らせるつもりだ。

「本当にない？」

スガがじっとこちらを見つめて、もう一度尋ねた。

「……どういう意味ですか」

「借金取りに追われてるとか」

「そんなことは」

「それは冗談だけど、さっきのお兄さんたちのひとりが、ヒアリングをしたときファミレスにいたんだよね」

「えっ」

「席は離れてたから、話の内容は聞かれてないはずだけど、たぶんあのときから三嶋さんをつけてたんだろうなって。気づかなくてごめんね」

「いえ、そんな」

スガの目に嘘を見抜かれそうな気がして、思わず顔を伏せる。眼鏡のフレームがゆがんでしまったらしく、片側だけがずり落ちる。

「助けてくださって、ありがとうございました」

「なんとなく嫌な予感がして様子を見に行ったんだけど、いつもこうやって勘が当たるとは限らないから、できれば隠しごとはなしでお願い。うまくやり遂げるには、信頼関係が大切なんで。ねっ、カトウさん」

「本当に心当たりはありません」

「あ、そう。ならそれはそれで全然いいですよ」

スガは笑って前を向いた。予想外の襲撃に見舞われたというのに、その襲撃者の正体も不明だというのに、動揺してはいないようだ。少なくとも表面上はそう見える。それはハンドルを握るカトウも同じで、彼の運転はまったく冷静で丁寧だ。こういう事態には慣れているということなのか。

「あ、そうだ」スガがまた振り向いた。どきりとして体が硬くなった。

「よかったら、これ、どうぞ」

手渡されたのは、直径二十センチほどの丸型の密閉容器だ。当惑しつつ、促されるままに開けてみる。

「これって……」

ホイップクリームとフルーツがたっぷり載ったパンケーキ。

二時間前にファミレスで別れる直前、好きな食べ物を訊かれた。〈さんず〉のサイトからの申し込みフォームにもあった質問だが、回答は必須ではなかったので空欄にしておいた。なぜそんなことを知りたがるのか不思議だったが、「三嶋紀子」を演じるうえで補強材料になるかもしれないと、その架空の女が好みそうなものを想像して答えた。

「そんな容器でなんだけど、最後の晩餐ってことで」

スガが作ったのだろうか。プラスチックのフォークとナイフ、お手拭きまで用意されている。出発まで二時間空いたのは、まさかこのためではないだろうけれど。

「目的地まで二時間近くかかるから、気が向いたときに食べて。冷たい麦茶とホットコーヒーもあるよ」

自分がどこにいるのかわからなくなりそうだった。まるでピクニックだ。いや、マッドティーパーティーか。

スモークフィルムを貼った窓から外を見た。深夜だ。街から離れていっている。海へ。断崖へ。私は三嶋紀子。これから死ぬ女。同じ車内にいるのは、金で自殺の手伝いをする闇の業者。

「……ありがとうございます」

冷たい麦茶の入った水筒をもらう。うろたえてしまったが、落ち着かなければならない。敵から逃げきり、業者を騙《だま》し通して、使命を果たすのだ。

「そうそう、先に代金いいかな」

一香はきゅっと唇を結び、パンケーキと麦茶を隣のシートによけた。ハンドバッグから封筒を取り出し、運転席と助手席のあいだに差し出す。

「よろしくお願いします」

スガは封筒の中身を確認しながら、わずかに眉をひそめた。

「おれが言うのもなんだけど、よく信用できるよね」

「えっ」

「自殺幇助業者なんて超あやしいじゃん。おれたちがあなたを騙してる可能性だってあるのにさ。金だけ騙し取ってハイサヨナラとか、強姦《ごうかん》して殺しちゃうことだってできるよ。なにせ、おれたちとの関係を示すものは、なんにもないんだから」

二次元コードが記された例のカードは、ファミレスでのヒアリングの終わりに回収された。スマホからサイトにアクセスした履歴も、スガがスマホをパソコンにつないでなにやら操作し、完全に消してしまった。よけいなものを見られないように作業をチェックしていたが、彼の手つきは慣れたものだった。

一香は少し考えてから答えた。

「女を殺して金を奪うだけなら、こんな面倒くさいことをしなくても、もっと簡単な方法がいくらでもあると思います。それに、たとえ殺されることになったとしても、あなたたちのような人なら、簡単に発見されるような場所に遺体を遺棄はしないでしょう？　私は、見つかりさえしなければいいんです」

スガが目を丸くしたので、どきっとした。こういう合理的なものの考え方は三嶋紀子らしくなかったかもしれない。より慎重に言葉を選んで続ける。

「不安がないわけじゃないですよ。でも、あなたたちが私の自殺を手伝ってくれるだろうことは、信じているんです。だってふたりとも親切な人だから」

正確には、信じると決めたのだ。彼らをというより、中貫のもとで培った判断力を、中貫に育てられた自分を信じる。

「来てるな」

ふいにカトウが言葉を発した。車に乗ってからはじめてだ。

「あ、やっぱり？」

スガがドアミラーを覗きこむような動きをする。

「三嶋さん、もう一回訊くけど、本当にさっきの男たちに心当たりはない？」

意味がわかって、ぎょっと振り返った。こんな時間でも交通量はそこそこあって、後ろの窓の向こうにヘッドライトがいくつか連なっている。一香を連れ去ろうとした連中が追ってきているのか。だがどの車がそうなのか、こうして見てもわからない。

「三嶋さん？」

「ありません。あの人たちが何者なのか、なんで私を狙うのか、全然なにも」

鼓動に煽られるように早口になる。

「まける？」

スガが今度はカトウに尋ねた。

「さっきからやろうとしてるが難しそうだ。いったんまいても、どういうわけかまた追いついてくる。やはり向こうもプロだな」

こんなときでもカトウの口調は冷静で、ハンドルさばきも同様だ。と思いきや、突然アクセルを踏みこみ、赤信号に変わるぎりぎりのタイミングで交差点に突っこんだ。がくんと体が揺れ、とっさに閉じたまぶたの裏に赤い光を感じた。重なり合うクラクションが鼓膜に突き刺さり、たちまち後ろへ飛んでいく。水筒もパンケーキの入った容器もシートから転げ落ちてひっくり返っていた。

「だめだ」

「えーっ、いまのでも？」

ふたりのやりとりを聞きながら、一香はハンドバッグを強く握りしめた。なかにはあのアルミホイルが入っている。

「契約を果たしてください」

ずれた眼鏡をかけ直し、きっぱりと告げた。

スガが肩越しに、カトウがバックミラーで、こちらを見た。

「どんな形でもかまいません。死体が見つからないように死ぬことさえできれば」

中貫のためにできる、唯一で最善の行為。それだけはなにがあってもやり遂げる。

丁寧なドライバーに戻ったカトウは、次の信号で余裕を持って停車した。

「まいてもまた現れるところを見ると、追ってくる連中は、どうやらこちらの行き先を知っているようです」

「そんな、どうして。やはりファミレスで話を聞かれていたということですか？」

「原因は不明ですが、目的地が知られている可能性がある。場所を……」

「変更します」

提案されるまでもない。途中で言葉をひったくった。

スガがスマホを操作して、ここから最も行きやすい候補地を選び出す。

「海じゃなくて山になっちゃうけど」

「どんな形でもいいと言ったはずです」

ワンボックスカーは再び急にスピードを上げて横道に飛びこんだ。寝静まった住宅街に入り、狭い道をぐんぐん進んでいく。曲がって、曲がって、また曲がって、そのたびに水筒が勢いよく転がってドアやシートにぶつかる。一香の足にも。

小さな公園の横でワンボックスカーは停まった。

「この車は特定されているので、乗り捨てます。あとで社の者が回収します」

カトウに指示され、一香はハンドバッグだけを抱えて後部座席から飛び出した。追ってくる車は視認できない。

スガに先導されて公園を突っ切る。すぐ後ろからカトウも来る。ふたりともリュックを背負っており、カトウは律儀にサンチャンを抱えている。

公園の反対側に出て、しばらく走ると駅に着いた。ロータリーで客待ちをしていたタクシーに乗りこみ、助手席に座ったスガが行き先を告げる。運転手はへんな顔をした。こんな時間に山へ、関係性のまるでわからないちぐはぐな三人で。一香はせめて、襲われたときに切れた唇や汚れた服を見られないようにと小さくなっていたが、不審に思われるのは無理もない。

「おれたち、オカルト系の動画配信やってて、フォロワーからそこでこの時間に心霊現象に遭遇したっていうコメントがあったんだ。これは確かめてみなきゃでしょ」

スガの説明に説得力があったというよりは、うさんくさい客には慣れているのかもしれない。深夜料金を表示したタクシーは、闇の濃いほうへと滑りだした。

話し好きな運転手があれこれ質問するのに、スガは淀《よど》みなく出まかせの答えを返し、逆にこのあたりの怪談を聞き出したりもしている。よくもまあと、こんなときだが一香はあきれ混じりに感心した。適材適所ということなのか、カトウは相棒に場を任せて窓外に視線を投げている。さっきの運転で疲れたのかもしれない。

そんなふうに思うのは、一香自身がひどく疲れているからか。あちこちの傷が痛む。サンダルで走ったせいか足も痛む。そういえばパンケーキを食べ損ねた。本当の好物ではないし、食べたくなどなかったのに、いまは惜しく感じる。

私の好きな食べ物。ぼんやりと考えてみる。大学生のころにちょくちょくたこ焼きを買っていたのは事実だが、好物と言われてすぐに挙げるほどではない。そうだ、中貫が作ってくれたおにぎり。手料理をごちそうになったことは何度かあるが、徹夜で働いているときに差し入れてくれたおにぎりが、なかでも一等おいしかった。彼女のおにぎりはいつも少し塩気が足りなかったけれど、その味が私にとっては……。

　考えているうちに、まぶたが重くなってきた。

「醤油《しょうゆ》、青のり抜き、ネギ多めでよかったんですよね」

　顔を上げると、目の前にパック入りのたこ焼きがあった。八個入りのはずだが、窮屈そうに九個収まっている。

「お疲れですか」

　ぼそりと訊かれた。竹山は無口な青年で、トッピングなどを尋ねる以外に、彼のほうから話しかけてくるのはめずらしい。

　パックを閉じ、割り箸を添えて輪ゴムで留める。たこ焼きを焼いているときもそうだが、彼の手つきはいつもてきぱきして気持ちがいい。うまく曲がらない小指さえ、リズムを取っているように見える。

「……まあね」

　竹山がビニール袋に入れようとするのを制し、パックを受け取ってその場で開ける。醤油の香ばしいにおいが鼻腔《びこう》をくすぐり、こわばっていた体がほっと緩む。

「焼きたて、もらうね」

たこ焼きを割ると、湯気があふれた。ふうふうと息をかけ、半分を口に運ぶ。

「あふい」

「そりゃ……」

外はカリッ、中はフワッとした食感は、この店の売りのひとつで、目と鼻の先にある大学の学生たちに大人気だ。なかでも竹山が焼くのがいちばんだと、一香はひそかに思っていた。でも、このごろは……。

大きなたこを丸飲みにした。味があまりわからない。

最近、あらゆる感覚が鈍くなっている自覚がある。よく見ていないし、聞いていない。なにかを考えていてもすぐにぼうっとしてしまうし、おもしろいはずのものがおもしろくない。

十数分前に首筋を執拗《しつよう》になでていた老教授の指の感触がよみがえり、ぞっと総毛立った。苦労してきた子は賢いね。慈愛すら感じさせる興奮した声が、耳にこびりついている。たるんだ腿《もも》のあいだに頭を埋《うず》めて聞いていた。

衝動的に箸をたこ焼きに突き立てる。勢いよく貫通して、プラスチックのパックが悲鳴を上げる。

「……一香さん」

遠慮がちに声をかけられ、はっとした。名前を知っていたのかと、数秒遅れて思う。世間話をすることはあるものの、個人情報を教えた覚えはなかった。友達と一緒に来たときに聞き知ったのだろう。

竹山は皮の厚そうな人差し指を、自分の目元から頰へと滑らせた。眉がずいぶん細く、下まぶたに小さな傷がある。

同じように、隈《くま》のできた目元からこけた頰をなぞって、あ、と気づいた。さっきトイレに隠れて泣いた、その痕がきっと。

店の脇を車が通り過ぎ、反射した夕暮れの光が眼球に刺さった。目がくらんで、竹山がシルエットだけになる。

「……生きてたら、疲れることだってあるよ。私だけじゃない、あなただって。みんなそうでしょ」

笑い飛ばすように言ったが、竹山は同調しなかった。シルエットだけでも、笑っていないのがわかった。

なぜかぞくりとして一香は後ずさりした。なにかにぶつかって振り向くと、中貫が立っていた。中貫は哀れむような目をしていた。

自分が眠っていたことを知って、ぎょっとした。こんなときに、しかもなぜいまさらあんな夢を。奇妙な夢だった。実際には中貫があの場所にいたことはない。竹山の顔がはっきり出てきたのも意外だった。よく見ていなかったと思っていたが、無意識の領域では覚えていたのか。

慌てて姿勢を正し、周囲を見回す。景色は黒一色に塗りつぶされて、通ってきた道すら見えない。いつの間にか街からだいぶ離れたようだ。自殺幇助業者のもくろみどおり、追っ手をまいたらしかった。

汗で濡れたブラウスがクーラーで冷えて寒い。腕をさすったが、運転手は気づかない様子でスガとのおしゃべりに花を咲かせている。

「そろそろ着きますよ。あの山です」

カトウが自分の側の窓を指さした。一香は目を凝らしたものの、闇ばかりでわからなかった。あの闇のどこかにあるという廃坑が、自分の死に場所となるのだ。冷たい腕をぐっとつかむ。

山の中腹の、なにもないところでタクシーを降りた。道路はそのまま山の向こうへ抜けており、車で山頂へ向かうルートはないのだそうだ。街なかに比べてずっと気温が低い。息苦しいほどの湿気が体を押し包み、虫の音が盛んに聞こえる。

「こりゃ雨になるかもしれないよ。なんなら用事がすむまで待ってようか」

運転手の申し出に、スガが嘘で応じる。

「あとで仲間が迎えに来るんで」

いや、これは嘘ではないのか。迎えが必要ないのは一香だけだ。一香がこの山を下りることはない。

タクシーが走り去ってしまうと、明かりは業者が持参した懐中電灯だけになった。一香も一本受け取り、付近の藪《やぶ》を照らす。人工の強い光に照らされた草木は、いやにてらてらして、どこか作りもののように見える。

道なりに十分ほど歩くと、藪のなかに脇道らしきものがあった。かつて道だったもの、と言ったほうがいいかもしれない。土石で舗装されていたのだろうが、ほとんど雑草に覆い隠されており、入り口に立ち入り禁止のロープがかかっていなければ見落としていただろう。そのロープも朽ちかけている。

「廃坑になったのは戦後すぐらしいよ。マイナーすぎて、廃墟《はいきょ》マニアにもぜんぜん知られてないって」

スガが顔をしかめて虫を追い払いつつ、ロープをまたいだ。目指す廃坑は、いよいよこの先らしい。ごくりと喉が鳴る。

「足元、気をつけてね」

靴がそれしかなかったとはいえ、サンダルで来たことを後悔した。ロープを踏み越えたとたん、ほとんどむき出しの足が膝下まで草に埋もれ、かゆみとともに気持ち悪さがこみ上げる。そこらじゅうでがさごそと音がする。

意識的に強く一歩を踏み出した。怖くはない。自殺の意志に変わりはない。それでも、足の指が勝手に縮こまるのが腹立たしい。

ほんの数メートルも行かないうちに、でこぼこ道に足を取られて転びそうになった。傾斜が急なこともあり、たちまち息があがってしまう。はっ、はっ、と犬のような呼吸音が耳につく。バッグを持ちましょうかというカトウの申し出は断った。死に場所に導いてくれるだけでいい。それ以外の手助けはいらない。

スガはひとりでしゃべりつづけている。

「紅茶と緑茶が同じ茶葉で作られてるっていうのは、けっこう有名な話だけど、ウーロン茶もそうなんだって。同じチャノキの葉で、違いは製造過程での発酵度合い。不発酵が緑茶、半発酵がウーロン茶、発酵が紅茶」

一香もカトウもいっさい反応していないにもかかわらず、スガは楽しそうだ。本人の望みとはいえこれから人を死に追いやろうというのに、まったくリラックスしているように見える。

その明るい声を不気味だと感じるのは、ますます山が深くなっていくせいだろうか。木の虚《うろ》からなにかがこちらを見ているような気がする。蛾《が》の羽の模様が目玉に見えて、声をあげそうになる。一方でカトウが黙りこくっているのもまた不気味だ。ふと見たらいないんじゃないか、などと子どもじみた想像をしてしまう。

さっきからふたりの背負ったリュックが気になってしかたない。そこから懐中電灯が出てきたように、自殺に必要な道具が入っているのだろう。自分はどうやって死ぬことになるのか。首吊《つ》りか、服毒か、ナイフで喉を突くのか。ためらいはないと、何度も自分の気持ちを確認するが、やはり緊張はしているようだ。もう何度も生唾を飲みこんでいる。

ぶんぶんと大きな羽音が聞こえてきた。なんだろうと身を硬くする一香の前で、スガが「げっ」と立ち止まった。どうしたとカトウに訊かれ、鼻にしわを寄せて振り向く。懐中電灯を近くの草むらに向けると、そこにはなにか茶色っぽいかたまりがあった。大きな蠅《はえ》がたかっている。ぶんぶんうるさいのはその羽音だ。さっきから漂っていた嫌なにおいの正体はこれだったのか。胸が悪くなるにおいだ。死骸。動物の。猪《いのしし》だろうか。腐って落ちたのかほかの動物が食べたのか、肉が剝がれて骨があらわになっている。毛には血がこびりつき、どす黒い舌がだらりと垂れ、眼球には蛆《うじ》が湧いている。

一香はとっさに口を押さえた。飲みこんでも飲みこんでも酸っぱいものが口内にあふれる。なのに目を逸らすことができない。

この猪は自分だ。自分の死体もこうなるのだ。弔われることも悼《いた》まれることもなく、悪臭を放ちながら腐っていく。獣の餌となり、虫の住処《すみか》となる。

骨のあいだから、脚のたくさんある長い虫が這い出してきた。自分の体内にもそれがいる気がして、おぞましさに身震いした。

「早く行きましょう」

ハンドバッグを強く握りしめる。

それでも、やり遂げなければならない。

廃坑の入り口までは小一時間かかった。腕時計を見ると、三時半を過ぎている。太陽は出なそうな天気だが、急ぐに越したことはない。

岩をくり抜いた入り口は、錆《さ》びた鉄格子で塞がれていた。扉の形になっているが、南京錠《ナンキンじょう》がかかっている。鉄格子とその奥の真っ暗な空洞は、猪の死骸を思い起こさせた。心なしか冷たい空気が漏れてくるようで、汗に濡れた肌に粟《あわ》を生じる。

ひそかに深呼吸をしてから、南京錠に懐中電灯の光を当てた。

「閉まっているみたいですけど……」

〈三嶋紀子〉らしく、おどおどと困惑してみせる。

「だいじょうぶ、ちゃんと開けられるから。でもその前に、これ、返しとくね」

スガが差し出したものを見て、一香は目を見開いた。

「これ……」

私のスマホ？　中貫が持たせてくれた、プリペイド式の。

慌ててハンドバッグのなかを確認すると、やはり入っていない。意味を理解した瞬間、かっと頭に血が上った。

「盗んだの？」

尖《とが》った声が廃坑にこだまする。

あのときだ。謎の男たちに拉致されそうになったとき。落としたハンドバッグをスガが拾った。あのときに抜き取ったに違いない。バッグから封筒を出したときにも気づかなかった。きっとパンケーキでペースを乱されていたせいだ。

「あなた、私に、信頼関係が大切だって言ったよね。聞いてあきれる」

懐中電灯を顔に向けてにらみつけると、スガはまぶしそうに目を細めた。しかし動じる様子はない。

「ごめんね。でも、信頼関係についてはお互いさまでしょ。久川一香さん」

口を開けたまま、声が出なくなった。

いま、なんと言った？　久川一香？　彼がどうして私の名前を？

中貫からのメールに一香の名前は書かれていなかったし、一香からのメールにも中貫の名前は書かなかった。だから盗まれたスマホからばれたのではない。久川一香の顔写真がメディアやネットに出ていないことは確認済みだ。三嶋紀子の演技に致命的なミスはなかった。

動揺する一香の隙をつき、スガの手が眼鏡を奪った。

「眼鏡や髪型や化粧で、容姿ってこんなに変えられるんだね。こっちは最初からあなたの素性を知ってたから、ヘーンシン！　ぶりにびっくりしたよ」

「最初から……？」

「中貫紘子の不正献金疑惑。その鍵を握る私設秘書が死にたがってるのを察知して、うちの人間が例のカードを渡したの」

あえぐような息づかいになっていた。わけがわからない。でもいまの話が本当なら、一香にカードを渡すと決めた〈さんず〉の人間は、中貫にかけられた疑惑を知っているということになる。一香が深く関わっていることまで。

「察知したって、どうやって？　報道もされていないのに」

「すごいんだよ、うちの会社は。それでも細かい事情まではわからないことがあるからヒアリングをするんだけど、依頼人は嘘つくわ、へんな連中は追いかけてくるわで、ちょっと困っちゃった。ね、カトウさん」

「追いつめられたら吐くと思ったが、なかなかどうしてあなたは強かった。さすがは議員秘書だ」

感服したような言葉とは裏腹に、カトウの目は冷めている。

「言っておきますが、我々は基本的には依頼人を尊重します。しかし、あなたを追っている連中がこちらの想定と違っていたので、仕事を滞りなく成功させるためには、事実関係を確認する必要がありました」

「想定と違っていた、って……」

「あなたも勘違いしていたのでしょうが、あれは特捜部ではありませんよ。対立派閥でもマスコミでも野党でもない。あなたを拉致しようとした男たちは、十中八九、殺人を生業《なりわい》とするプロです」

「え？」

殺し屋なんて言うと漫画みたいだが、実際にそういうものが存在するのを一香は知っている。首をくったあの議員も、埠頭《ふとう》に浮かんだあの秘書も。だが、今回のケースではそれはおかしい。一香はみずから死のうとしているのだ。そして敵はみな、一香に死なれたくない連中だ。生け捕りにして口を割らせようとしている。

「不思議だったのは、連中がこちらの行き先を知っているかのような動きをしていたことです。弊社のセキュリティレベルで外に情報が漏れることはありえない。そこで、あなたの持ち物を調べさせてもらったところ……」

「これ」スガが差し出した手のひらには、SDカードのようなものが載っていた。まんなかから割れている。小指の爪の半分ほどの大きさしかなく、吹けば飛びそうなくらい薄い。

「……なんなの？」

心臓が鳴っている。警鐘のように。

「GPS発信機。スマホのなかにこっそり取りつけられてた。こいつを外して壊したら、明らかに追跡の手が緩んだよ」

息を呑んだ。なぜそんなものが、あのスマホに。

「メールから察するに、スマホは中貫紘子から渡されたんでしょ」

それは一香とひそかに連絡を取るためだ。自殺するという一香を中貫は止め、対策が整うまで隠れているよう指示した。

「発信機なんて、いったいだれが……」

中貫の側近たちの顔が次々に浮かぶ。スマホの入手経路はどうだったのだろう。

スガもカトウも黙っている。ふと気がつくと、彼らはじっとこちらを見ていた。いつの間にか一香の懐中電灯は下を向いていて、表情はわからない。

「違う。先生じゃない」

一香は無意識に首を左右に振っていた。

「どうして先生がそんなことをしなくちゃいけないの。もし、もしそうだとしても、それは私を心配してのこと。言うことを聞かずに死んでしまうんじゃないかって。だとしたら、あの男たちは私が死にに行くのを止めようとして……」

「彼らはあなたを殺す気でした」

カトウの淡々とした断言が癇《かん》に障る。

「そんなの、あなたが言っているだけでしょ。そうじゃなければ、発信機のデータが第三者に盗まれたの。先生の気持ちを利用して、別のだれかがやったに決まってる」

だって、ありえない。あの人が私を殺そうとするなんて。

「私は自分から死ぬと言っているの。放っておけば勝手に死ぬのに、わざわざ殺す必要なんかない。私に任せるのが不安なら、死に方を指示すればいいだけでしょ」

くれぐれも早まったことはしないで、と中貫は言ったのだ。そんなことは絶対にだめだと。手作りのおにぎりを渡して。

「信じてなかったんでしょ」

静かにスガが言った。

「え……」

「本当に死ぬのか。裏切らないか。あなたが遺体の発見されない方法を探して死ねずにいたのを、迷っていると受け取ったんだろうね」

一香は自分が震えているのに気づいて、手首を押さえた。

「でも、先生は何度も死ぬなって。お願いだから私のために死んだりしないでって」

「それ聞いて、どう思った？」

「それは……」

やはりこの人のために死のう。そう思った。死なないでと言われれば言われるほど、愛情を示されれば示されるほど、使命感は強くなった。

「不正献金疑惑が持ち上がったときはどう？　たとえば、全部あなたの責任だとか、死んでくれたらありがたいみたいなことを、それとなくほのめかされたんじゃないの」

——あなたを信じてすべて任せてしまった、私のミス。

——私のためにそこまで言ってくれるのもうれしい。

思い当たることがある。思い当たってしまう。

カトウがため息をついた。

「証拠を残さずに人を動かすやり方として、特別めずらしい方法じゃない。そもそも不正献金からして、同じようなやり方で、中貫紘子から命じられたのでは？」

耳を塞ぎたかった。体のあちこちの痛みを急に強く感じた。

「中貫はそうやって、まんまとあなたを自死に誘導したんです。最初から人を雇って殺させることもできたが、秘密を知る者は少ないほうがいい。だがあなたがぐずぐずしていたせいで、中貫にも猶予がなくなった。そこで確実に死なせる方法を選んだ」

足が痛い。けがをしたところが痛い。痛い。痛い。

「我々としては、業務に支障が出ないよう、妨害者の正体を特定したかっただけでした。しかし結果として裏の事情に気づいてしまった。我々の社是は『後悔のない死』

を迎えていただくことなので、事実をお伝えすることにしました」

中貫は、一香が見込んだ以上に優れた政治家だったわけだ。

ああ、死んじゃいたいな、と思った。死ななければという義務感ではなく、はじめて能動的に死を考えた。

「殺されることになってもそれはそれでかまわないってさっきは言ってたけど、本当に殺されようとしてたことがわかったいまでも、気持ちは変わらない？」

スガの無遠慮な問いに、どう答えていいのかわからなかった。なにも考えたくない。消えてしまいたい。

体に力が入らなくなり、膝からくずおれた。スガの体ごしに廃坑が見えた。暗くて、静かで、だれにも見つからない場所。

「竹山さんは実在の人だったんだね」

一香はのろのろとスガを見上げた。心なしか夜が白みはじめたようで、ぼんやりと顔が見える。無表情だったが、どこかいらだっているようにも見えた。

「創作かとも思ったけど、竹山さんが起こした事件は事実だった。竹山さんは久川一香の所属していた研究室の教授を刺殺し、懲役十年の判決を受けてる。彼とあなたの関係も本当の話？」

「……ええ。竹山は私に好意を持っていて、私のために教授を刺したんだと思う。私は竹山のことをなんとも思っていなかったけど」

「そっか。でもへんじゃない？」

「なにが？」

「あなたが実在する竹山さんを嘘の動機に使ったことだよ」

　スガがなにを疑問視しているのかわからず、一香は眉をひそめた。

「多少事実を入れたほうが、まったくの作り話よりは本当らしく語れるから」

「でもそんなことしたら、おれたちに自分の正体がばれる可能性があるとは思わなかった？　実際にあった刑事事件なんだし、ちょっと調べれば、被害者の当時のゼミ生の名前も簡単に明らかになっちゃうことくらい、政治家の秘書やってるあなただったら想像つくでしょ。実際、ゼミ生の名簿に久川一香の名前は載ってた。あなたは自分が久川一香であることを隠したかったはずなのに、なんでわざわざ久川一香につながるエピソードを持ち出したの？」

　たしかにそうだ。なぜスガに指摘されるまで気づかなかったのか。

「ついでに言えば、トイレで生まれたうんぬんも事実だよね。公衆トイレで生まれた子がいまでは自分の秘書を務めている、っていうエピソードを、中貫紘子が地方の講演で語ってる。恵まれない子どもが支援によって立派に成長した例として。地方紙にちらっと載っただけとはいえ、最近じゃ新聞社のデータベースで簡単に調べられる。おれたちは最初からあなたが久川一香だって知ってたわけだけど、たとえ知らなくても、これだけ手がかり出されたら特定は容易だよ」

言われてみれば、そんなこともあったか。

「その行動の矛盾って、なにか意味あるの？」

いいかげんにしろというように、カトウが「おい」と声をかけた。だが、スガの射抜くようなまなざしは一香から離れない。

「それは……」

事件の発生を知らされた学生のあの日に、意識が呼び戻される。

たこ焼き店の青年が自分のために殺人を犯したのではないかと思い当たったとき、一香はひどく困惑した。つきあっているわけでもないのに、一方的な挺身《ていしん》はむしろ迷惑だった。それほどの想いを向けられていること、そして自分が殺人の動機になったかもしれないことに恐怖すら感じ、早く忘れようとしてきたのだ。そして忘れた。

いまこうなってみると、自分と竹山とは似た者同士だったのかもしれない。一方的な想いを捧《ささ》げ、勝手に尽くし、報われない。

胸のなかにひやりとした風が吹いた。竹山が事件を起こす前、自分が彼に告げた言葉が、突然、声になって聞こえた。

――もう死にたい。

――教授がいなくなってくれないかな。

愕然《がくぜん》とした。そうだった。詳しい話こそしていなかったものの、一香は会話の端々にそんな言葉を織り交ぜていた。

覚えている。うまく曲がらない小指を庇《かば》いつつ手際よくたこ焼きを返しながら、竹山がどんな顔でそれを聞いていたのか。

竹山がおまけをするのは一香に対してだけだった。たこ焼きを焼いているあいだも、意識はずっとこちらに向いていた。顔にも髪にも体にも、店を離れたあとの背中にさえ、常に視線を感じた。そういうすべてに一香は気づいていた。竹山の一途さも、それゆえの思いこみの激しさも知っていた。

一香の言葉を聞いて竹山がどうするか、本当はわかっていたはずだ。わかっていて、誘導したのだ。

中貫が一香にしたように。

――私から援助を受けたからって気にしないで。一香は好きな道に進めばいい。

――私の仕事を、信頼できるだれかに助けてほしい。

――恥ずかしいけれど、私はお金のことにとんと疎いの。

――お金さえあれば、もっと自分の理想を実現できるのにね。

子どものころから心酔していた彼女。優しいほほえみを浮かべ、周囲のあらゆるものを利用し、望むすべてを実現してきた人。中貫のやり方を、そうだ、自分はずっと近くで見てきたではないか。

自分のずるい計算に、一香は無自覚であろうとした。竹山が勝手に、と本気で思いこもうとした。

なぜいまになって好きでもない竹山のことを思い出したのか。無意識の部分で、自分が中貫に切り捨てられるのをわかっていたんじゃないか。捨て石にならねばという義務感の一方で、だれにも知られずにたったひとりで死んでいくことがとてつもなく恐ろしかったんじゃないか。

スガを見つめ返した。彼の表情は変わらないのに、不思議と先ほどまでのような威圧感を感じない。

「もしかしたら、先生も同じなのかもしれないなあ……」

蓋をして隠した心も、消えてなくなるわけではない。目を逸らしてきたものに向き合わねばならなくなったとき、中貫ならどうするだろうか。

なぜか笑いがこみ上げた。しばらく廃坑を見つめてから、一香はゆっくり立ちあがり、〈さんず〉のふたりに向き直った。

『この件に関していまだ証拠は挙がっておらず、中貫氏は離党したものの、疑惑については完全に否定しています。また、重要な情報を握っていると思われる秘書が行方不明になっており……』

テレビのニュースが自分について伝えるのを、中貫紘子は自宅のリビングでぼんやり聞いていた。次のニュースに切り替わるのを待ってテレビを消し、ソファから立ちあがる。

一香の始末を依頼した業者から、「身柄の確保に失敗した」「正体不明の男たちと一緒にいた」と報告を受けたときは肝が冷えたが、以降、彼女の消息は絶えたままで、紘子が恐れていたような事態には至っていない。

状況から推測するに、一香はだれにも見つからない場所で、みずから命を絶ったのだろう。

彼女の忠誠心を信じてやるべきだった。そうであれば、よけいな業者などを巻きこまずにすんだ。もっとも、業者に依頼をしたのは別の秘書だ。一香にGPS発信機を仕込んだスマホを渡すまでは紘子がしたが、そこから先は秘書の判断だった。……いや、本当にそうだろうか。

頭に鋭い痛みを感じ、頭痛薬に手を伸ばした。一香が消えたあの日以降、断続的に激しい頭痛が続いている。

ドアがノックされた。入室を許可すると、現れた秘書が来客を告げた。そんな予定はなかったのでけげんに思ったが、相手の肩書きを聞かされるなり紘子は告げた。

「お通しして」

やがて案内されてきたのは、白髪の美しい和装の婦人だった。なぜか腕に、カッパのフィギュアを抱えている。

「サクマさんとおっしゃいましたね。×××会長のご紹介の方だとか」財界のフィクサーの名を挙げると、老婦人は薄くほほえんだ。

「どのようなご用件で……？」

返事はない。緊張し、当惑する紘子の手を、サクマがそっと取った。

「かわいそうに。ずっと苦しかったのね」

なぜ、という疑問は空気に融けて消えた。ごく少数ながら、秘密という概念を無効化できる人々が存在することを紘子は知っている。

「私、私は……」

「初の女性総理を目指して、尋常ではない苦労を重ねてきたあなたを、我々は愛おしく思いますよ」

絹のように滑らかな声が、耳から内へ、紘子の全身をゆっくりとめぐる。こわばっていた体と心が緩んでいく。

そうだ。ずっと苦労のしどおしだった。理想の実現のために、それが可能な地位に至るために、努力しつづけてきた。思わぬところで足を取られたが、一香が消えてくれたおかげで首の皮一枚つながった。まだ再起できる。しなければならない。

「あなたは久川一香さんの人生に選択肢を与えた。すばらしいことです。人には選択の自由がある。我々はそれを尊重したい」

そう言ってサクマが手を放したとき、紘子の手のなかには一枚の白いカードがあった。

「これは……？」

「あなたならうわさくらいは聞いたことがあるのではなくて？」

その可能性に思い当たった瞬間、背筋が凍った。自殺幇助業者。そんな、まさか。

「あなたにはきっとこれが必要になると思って、一香さんも含めて見守っていました」

彼女はいたましげに睫毛《まつげ》を伏せ、ささやく。

「死にたいのでしょう」

ああ——言い当てられてしまった。

「……なにをおっしゃいます。私はこれからも国民のために政治家として戦っていかなければならないんです」

「そうでしょうね。そのために多くを犠牲にしてきたのですから。でも、犠牲にしたものの大きさにいまになって耐えられなくなったとしても、我々はあなたを責めません。久川一香はあなたが思っている以上に、あなたにとって大切な存在だった。むしろおいたわしく思います。あなたの人間らしさの証明ですから」

その声はやわらかく穏やかなのに、紘子の防御壁はあっさりと突き崩される。

死にたい。死にたい。死にたい。一香の死の実感が強まるにつれて、娘のように思っていた彼女を見殺しにした自分という人間が、おぞましく感じられてならない。だれの目にもさらすことのできない気持ちを、彼女らは見透かしている。

それでも、中貫紘子のプライドにかけて、衝動に屈するわけにはいかない。

「責任を放棄するなど、政治家として最も唾棄すべきことです。まして自殺なんて」

「久川一香がどこにいるのか、知りたいのではないですか？」

再び一香の名を出されて、言葉に詰まる。

「我々が彼女のお手伝いをしたのです」

そうか、一香と一緒にいた男たちというのは、自殺幇助業者だったのか。そしてその正体は――。一香が自殺しようとすることも、結果として紘子が死にとりつかれることも、彼女らは見抜いていたというわけだ。

「……一香はどうなったのですか？」

「だれにも見つからない廃坑での死を望みましたが、最後には撤回しました」

「生きているのですか？」

思わず飛びつくように問い返してから、一香の生存は紘子への裏切りに等しいと気づいて動揺する。

「ええ。ですが、久川一香としての経歴を抹消し、別の人間として表に出ずに生きるそうです。けっしてあなたに迷惑はかけないと。見上げたものですね」

「そうですか」

自分が怯えているのか安堵しているのか、紘子にはよくわからなかった。泣きたいような、笑いだしたいような、不思議な気分だ。

「久川一香はもうだいじょうぶ。あなたはあなたのことだけを考えればいい」

「私のこと……」

「ずっと彼女が気がかりだったのでしょう？　でも、もう自由になるときです」

穏やかな声に、ふいに甘さが混じった。

「久川一香が生きていても、彼女を切り捨てた罪悪感は消えない。そして久川一香が生きているかぎり、やはり死んでもらうべきだったのではないかという葛藤は続く。無限の苦しみを終わらせる方法をご存じでしょう」

確信に満ちたまなざしに捉えられ、紘子はすべてを投げ出したくなった。

いつのまにか嗚咽《おえつ》していた。サクマの手が背中をなでてくれる。そうされていると、まるで子どもに返ったみたいだ。

「……ありがとうございます。私は……自由になります」

頭痛は消えていた。

スガが中貫紘子の死を知ったのは、新たな依頼人のもとへ向かう車のなかだった。

ひととおり情報を確認してから、スマホのブラウザを閉じる。ランチのおいしい店を探していたのだが、なんとなく気分を削《そ》がれた。

コンビニは味気ないな、と思いながら窓の外を見やる。チェーンの回転寿司《ずし》、しゃぶしゃぶ、うどん店を見送ったところで口を開いた。

「久川さんも知るよね」

なにを、とは言わなかったが、運転席のカトウには伝わったようだ。「だろうな」

「彼女、どうするだろうね」

「知らん。もう依頼人じゃない」

まっすぐに前を向いたまま、カトウは言った。

「おまえ、久川一香にはだいぶこだわったな」

「そうだっけ？」

とぼけたわけではなく、本当に自覚がなかった。

「自殺の動機を探ることに意味はないというのが、おまえのスタンスだろう。なのに、矛盾だなんだと突っこんだ」

「ああ、そのことね。おれが頭悪いから、久川さんのやってることの意味がわかんないのかなって思っただけ」

「死なせたくなかったからじゃないのか」

「違います」

と思う。死んでほしくないと思うほど、スガは一香を知らなかった。異性として好みかと問われれば、あのタイプはむしろ苦手なほうだ。

別れ際の彼女を思い出す。もういちど竹山の顔を見たくなった、だからいま死ぬのはやめると言っていた。彼女が本当に竹山に会いに行ったかどうかは知らない。ただ、あのときの一香は、なにかを吹っ切ったような顔をしていた。その表情は悪くなかった。

「人が死ぬ理由に興味はないけど、生きる理由は、あっそ、だと思わない？」

一香が自殺を撤回したときも、あっそ、と思っただけだ。

「さっぱりわからん」

カトウがため息をついた。

こちらこそ、なににあきれられたのかわからない。ジェネレーションギャップがあるので彼とのコミュニケーションはたまに困難だ。

だが、とりあえず胃の好みがまあまあ合えばいい。

「カトウさん、そこのたこ焼き屋にしようよ」

第三話　蝶の男

　ガラス窓の向こうの庭に、白い蝶《ちょう》が舞っていた。いまにも地面に落ちそうな、力のない不安定な飛び方だった。加齢で衰えた目でははっきりとはわからないが、きっと翅《はね》がやられているのだろう。自然のルールは明確だから、早晩、鳥の餌になるだろう。つまり西沢《にしざわ》よりも早く死ぬということで、そう思えば敬意を覚えなくもない。

　部屋のインターホンが鳴り、家政婦の声が来客を伝えた。西沢は電動車椅子を操作して書斎を出た。運動ニューロンが侵され、片手と両足の自由が利かなくなっていても、最新の技術のおかげで広い邸宅内を自分の好きなように移動できる。

　客は客間で待っていた。もともとは床の間のある純和室だったが、車椅子になって家を全面的にリフォームした際に、床をフローリングに替えた。

　和洋折衷のその部屋に、男がふたり。無難なスーツを着ているほうは四十前後と見えるが、ジーンズ姿のほうはもしかしたら未成年かもしれない。屋久杉の一枚板のテーブルの下座側に、並んで腰かけている。

「今日は夏だね。異常気象だ」

西沢は襖《ふすま》を開け放ったままにして、客の正面に陣取った。老眼鏡はかけずに、膝にのせてきた白いカードに目を落とし、再び男たちに視線を戻す。

「〈有限会社さんず〉——あんたらが?」

はい、と落ち着いた声でスーツのほうが応えた。

老眼鏡をかける必要はない。カードには二次元コードのほかになにも書かれていないのだから。

一週間と少し前、気晴らしに庭へ出ていたとき、このカードがひらひらと目の前に舞ってきた。高い生け垣の向こうからやって来たようだった。わざわざ家政婦を呼んで拾いに行かせたのは、回転しながら舞うカードの動きが、蝶に似ていたせいかもしれない。

カードは名刺大で、片面に二次元コードだけが印刷されていた。反対の面は白紙だった。二次元コードを読みこみ、表示されたサイトにアクセスしてみたのは、嗅覚が働いたからだ。自分が求めるもののにおい。経験上、それに従って損はない。

有限会社さんず ── Suicide Support Service ──

表示されたのは、自殺幇助業者のホームページだった。

「私はカトウ、こちらはスガと申します」

スーツのほうが真面目な調子で言った。ジーンズのほうはへらへらした笑みを浮かべている。

「ものすごいお屋敷なんでびっくりしちゃった」

スガの口調には礼儀もへったくれもなかった。西沢はべつに腹を立てることもなく、むしろその態度に好感を抱いた。

「おれ、前に振り込め詐欺やってたんだけど、それ系の電話がしょっちゅうかかってくるんじゃない？」

「だとしても知らん。自分で電話を取ることはまずないからな」

「金持ちやばいね」

「もともとの資産は親から引き継いだから、俺が誇れるものではないさ」

西沢がやったのは、それをより大きくすることだった。二倍、三倍、十倍。節操のない時代と情のない性格が幸いした結果だ。

カトウがテーブルの上に会社のマスコットキャラだというフィギュアを置いた。それからノートパソコンをセットし、〈さんず〉という会社の概要や業務内容をあらためて説明した。

「西沢さまの自死の動機は病苦とのことですが」

「見てのとおりでね。三年前から患っている。いまのところはまだ多少の自由は利くが、なにもできなくなるのも時間の問題だろう」

病名を告げても、カトウもスガも気の毒そうな顔をしないところが気に入った。カトウがキーボードを叩くのは、聞き取った内容を入力しているのだろう。

「これ以上の不自由に耐え、ずるずると死ぬのを待つのは地獄だ。俺はいまのうちにみずから命を絶ちたい。心残りなく、望むやり方で」

西沢は独身だ。生涯を通して妻子を持ちたいという気持ちにはならなかった。両親はすでに亡く、きょうだいもいない。人づきあいはそれなりにしてきたが、西沢が死んで何日も涙が乾かないという者はいないだろう。

西沢は車椅子の向きを変えた。

「見せたいものがあるんだ」

客間を出て向かったのは、書斎の真下にある地下室だ。西沢が家のあるじになってから設《しつら》えた部屋で、洋風の造りをしている。広さは二十畳ほどで、耐震、耐火、防犯、そのほか考えうる限りのセキュリティを施してあり、いまではエレベーターも設備に加わっている。

ドアを開けて明かりをつけたとたん、うげえ、とスガが悲鳴をあげた。顔をしかめて室内を見回す。

壁で、棚の上で、ショーケースのなかで、翅を広げた無数の蝶。四十年以上かけて世界じゅうから集めた標本だ。自分で網を振って捕らえ、標本にしたものも少なくない。

「自慢のコレクションだ」

西沢はコレクションルームの中央に進んでひとしきりそれらを眺めた。光沢のある深い青の翅を持つオオルリアゲハ、構造色の青が独特のオーロラモルフォ、淡い緑やピンクの紋様に彩られたミイロタイマイ、透き通った翅に紅が映えるアケボノスカシジャノメ。どこになにがあるのか目をつぶっていてもわかるほど見ているのに、まったく飽きない。あらゆる色と形の、おびただしい美。心地よいめまいに頭の芯がぼうっとなる。資産を誇る気持ちはないが、蝶は誇れる。この部屋は、西沢の人生の縮図だった。

「たとえ同じ種類の蝶であっても、色も形もひとつとして同じものはない。そしてそれぞれに美しい。まさに自然の神秘だ」

「おれは虫は苦手なんで、きれいかどうかはわかんないけど、ホラーかファンタジーの世界に迷いこんだ感じがする。端的に言えば、やばい」

「圧倒的な美は人を恐れさせ、ひれ伏させる力を持っている。その力には抗うことができないんだ」

「そういうのをなんて言うかは知ってる。ファム・ファタール、でしょ」

西沢は目を細めた。

まだ少年だったころ、押し入れの奥で蝶の刺繍《ししゅう》が施された着物を見つけた。その優美さに心をからめ取られ、翌日から虫取り網とかごを持って走り回るようになった。着物のなかに棲まう蝶には出会えなかったが、自然の生み出す美の虜になった。いったいなにがどうして醜い芋虫が華麗なアゲハ蝶に変わるのだろう。蛹《さなぎ》のなかでなにが起こっているのだろう。仕組みを知りたくて、蛹を割ってみたこともあった。標本の作り方も独学で覚えた。あの着物が早くに亡くした母の遺品だったと聞かされたのは、ずっとあとのことだ。

だが、それだけ入れこんだ蝶の採集も、青年期になると熱が引くように関心が薄れた。楽しみはもっぱら酒と女になった。大人になったのだと解釈していたが、そうではなかったのだと、ある日、思い知らされた。

「俺は若いころにとある蝶に出会い、その美しさに魅了されてしまってね。ガキの時分から好きではあったが、収集に目覚めたのはそいつがきっかけだな。ドルーリーオオアゲハというんだ」

　債務者の屋敷だった。投資に失敗し、西沢に向かって土下座をする男。その背後の壁に、ひとつの蝶の標本がかけられていた。一瞬で心をからめ取られた。着物の蝶に出会ったときと同じだ。足元でうめいている男などどうでもよくなっていた。

「コレクションの譲渡先を見つけることが、西沢さまの自死に当たってのご要望でしたね」

　カトウの言葉に、西沢はうなずいた。

「ふさわしい譲渡先が見つからないことには、死んでも死にきれない」

　そして、部屋の最奥に据えた金庫に目をやった。暗証番号式で、常に施錠してある。大きなものではないが特注品で、無理にこじ開けることはまず不可能だ。

「特に貴重な標本は、あのなかに保管してある。高価なものなら二百万はくだらないはずだ」

二百万、とスガが声をあげた。

「勘違いしないでほしいんだが、金額を口にしたのはあんたらにわかりやすいだろうと考えてのことで、俺にとっての価値は金額じゃない。ただ、結果的に高価なものばかりになってはいる。一例を挙げるなら、ザルモクシスオオアゲハの雌だ」

ザルモクシスオオアゲハはアフリカを代表する大型の蝶だが、雌が発見されるのはきわめてまれで、標本は世界でもごくわずかしか存在しない。

「コレクションを譲ってほしいという人間は大勢いる。博物館からも打診があったし、俺の名を冠した資料館を作らないかという話もあった。しかし俺は、価値を知らない多くの人々に公開するより、本当に大切にしてくれる特定の人物に託したい。要するに、譲渡先は個人がいいんだ」

スガが目を丸くし、カトウがわずかに眉を寄せた。簡単な依頼ではないことに気づいてくれたようだ。

「これは俺の人生そのものだ。だから散逸はさせない。俺の愛しい蝶たちを、全部まるごと引き受けてくれる人物を探してもらいたい」

思い描く人物像を言葉にする。

「若者がいい。せいぜい三十五歳までだ。ひとりの人間に長く所有してもらいたいのでね。同好の士で譲ってくれと言ってくるのは、俺と似たような老い先短い年寄りばかりなんだ。かといって若すぎても困る。三十から三十五までとしよう。それから、男がいい。個人的見解だが、収集という行為には男のほうが向いている」

　さらに条件を絞る。

「できれば、滋賀に縁《ゆかり》のある人物だとうれしいね。母が滋賀出身なんだ。そして野球経験者。俺もそうだが、根性が据わっている。大事なことだが、容姿も整っていたほうがいい。俺の美しい蝶たちは美しい男に愛《め》でられるべきだ。それから、乙女座だな。コレクターにふさわしい几帳面《きちようめん》さがある。それから……」

「西沢さん」

　ついに口を挟まれた。

「本当に譲渡先を探す気ある？」

「あるとも。だからあんたらに依頼をしたんじゃないか。たいへんだからこそ、あんたらに頼む意義がある」

　西沢は大真面目だった。可能なかぎり候補者を絞りきるために、徹底的に条件を精査した。

「こんなことを自分で言うのは恥ずかしいが、コレクターというのはこだわりが強い生き物だ。人から見たらどうだってよさそうなことが、どうしても気になる。しかもこれは、人生最後で最大の心残りなんだ。すべてを完璧にしたい気持ちはわかるだろう？　失敗したら取り返しがつかない」

「譲渡の金額はいかほどとお考えですか？」

カトウが事務的に話を進める。

「代金はいらない。売りたいわけではないからね。さっきも言ったように、俺が相手に望むのは、とにかくコレクションを大切にしてくれること、すなわち蝶に対する執念だ。そのためにはある程度の経済力は必要だろう」

スガが客間から抱えてきたパソコンのキーボードを叩き、「これでＯＫ？」と画面を見せた。西沢の挙げた条件が列記されている。

・男性
・三十歳以上、三十五歳以下
・相応の経済力
・野球経験者
・滋賀県に縁がある

・容姿が整っている
・乙女座

穴はなさそうだった。


「候補者を見つけてくれたら、俺が全員に面接して譲渡先を決定する。それさえ叶えば、俺の死を妨げるものはなにもない。あんたらは業務完了というわけだ」

「最後までサポートするよ？」

まるで電子機器の購入を勧めるようなスガの言葉に、西沢は軽い笑い声をたてた。じきに呼吸も不自由になれば、こうして笑うこともできなくなる。やはりいま死ぬのが正解だ。

「それ以上は必要ないよ」

「もう自死の方法は決めてる？」

「もちろん」西沢はにやりと笑って間を取った。「食べるんだよ——蝶を」

「……は？」

スガの反応に、思わずにんまりする。カトウに目を向けると、スガほど素直な反応ではないが、やはり驚いているふうだ。

「俺はドルーリーオオアゲハの毒で死ぬんだ」

「それって、若いころに魅了されたっていう?」

完璧なバランスでちりばめられたオレンジと黒の斑紋。スマートな長い前翅。すらりとした腹部。大きさはアフリカ最大級で、翅を広げたときの左右の長さは雄なら二十から二十五センチにもなる。堂々たる王者の美。姿を思い浮かべるだけで陶然とし、年甲斐《としがい》もなく胸が高鳴る。動かない体の奥深くから熱のかたまりがこみ上げる。

持ち主だった債務者に、あの蝶を譲れと詰め寄った。しかしそれは叶わなかった。海外のコレクターへの譲渡がすでに決まっていたのだ。

「さっきのザルモクシスと同じく、ドルーリーは雌のほうがはるかに貴重だ。俺はどうしても雌の標本が欲しくて十年以上かけてやっと手に入れたんだ」

持ち主は、小さな印章店の主人だった。西沢と同じような資産家の倅《せがれ》だったが、西沢のような才はなく、親から譲り受けたものを二分の一、三分の一、十分の一に減らし、それでも道楽に大金を投ずる余裕はあった。その男を知ったのは偶然で、母の実家を訪れた際に印鑑が必要になり、たまたま店に入ったところ、壁の全面が標本で覆い尽くされていた。

——あれ、お客さんも蝶がお好きですか?

同類だとひと目で見抜き、主人は相好を崩した。女のようにきれいな顔だった。立ちあがった彼の手のなかには木製の標本箱があり、西沢はそれから目が離せなくなった。

「そら、そこに飾ってあるのがそのレプリカだ」

過去の幻影を振り払い、正面の壁を目で指す。

「アゲハの雌はふつう雄より大きいんだが、ザルモクシスやドルーリーはめずらしく逆なんだ。そのレプリカは、俺が所有している実物と同じサイズで作らせたもので、十五センチ弱だね。ちなみにシエラレオネ産だ。ドルーリーオオアゲハはシエラレオネではじめて発見された。だからシエラレオネで採集されたものには格別の価値がつく」

「じゃあシエラレオネ産の雌なら二重にやばいんだ」

「価格にして二百五十万は超えるだろう。売るつもりはないがね」

「それを……食べるって？　自死のための毒として。それで死ねるの？」

「ドルーリー一頭で猫数匹を殺せる」

これほど美しい身の内に猛毒を秘めている。そこがまたいい。いや、猛毒を秘めているからこそ美しいのか。美が力であるからには、最上の美は凶暴で獰猛《どうもう》なものであるはずだ。

ひええ、とスガは口をゆがめた。

「そんな死に方、はじめて聞いたわ。死に方を話すときにこんなにわくわくしてる人もめずらしいし」

「わくわくか。たしかにそうだな。だってこんなに美しい死に方はないだろう」

母が亡くなったとき、父は彼女に結婚式で着た白無垢《しろむく》を着せてやったそうだ。彼女の人生を表す衣装だと。だが、母は本当はあの蝶の着物を着て逝きたかったのではないかと西沢は思った。それくらい大事に、ひっそりと、だれの目にも触れないようにしまいこまれていたのだ。

同意しかねるというようにスガはちょっと肩をすくめた。カトウも黙っている。カトウの場合は意見の相違というより、よけいなことは話さない主義のようだ。あるいはたんに無口なだけか。

「いつだったか結果として破産に追いこんだ相手に、ろくな死に方をしないと罵られたことがあった。命だけは思いどおりにはならないのだと。だが、どうやらそれは正しくなかったな。俺の依頼を引き受けてくれるね？」

「ご希望に沿えるよう努力しまっす。ところで、どうせならレプリカじゃなく実物が見たいな。話の種になるし」

ずうずうしい頼みだが、スガが言うと不快ではない。相性のよい仕事相手に出会えたときは、たいていなにもかもがうまくいく。西沢は上機嫌で、しかし首を横に振った。

「悪いがあきらめてくれ。扱いには細心の注意を払っているんでね。あれになにかあったら、俺は死にたいように死ねなくなる。むろん、譲渡対象にドルーリーは含まれないわけだが、俺がそれを持ってるということはおおいにアピールしてくれよ。コレクションに箔がつく」

「では、さっそく譲渡先の候補者を探しますので、しばらくお待ちください」

カトウが話を引き取り、契約は迅速につつがなく終了した。料金は譲渡先が決まった時点で支払うことになった。望む相手に出会えるのなら、その金額は西沢にとっては安いものだった。

彼らの求めに応じ、二次元コードが印刷されたカードを返却する。〈さんず〉のホームページにアクセスしたパソコンをスガにゆだね、関わった痕跡を削除させる。これでこちらから業者に接触する手段はなくなった。西沢の自殺に彼らが関与した証拠も残らない。西沢家の門やコレクションルームには防犯カメラがしかけてあるが、その映像も消去された。

自殺幇助業者は長居せずに去っていった。契約書のたぐいもないので、本当にいたのか、夢でも見たのではないかと、疑わしくすら思えてくる。まるで光に幻惑されて追っていた蝶を見失ってしまったときのように。

車椅子を操り、ひとり書斎へ戻った。窓の向こうに、あの死にかけの蝶の姿はもうなかった。

「あの条件設定どう思う？　明らかにうさんくさいよね」

帰り道のサービスエリアのトイレで、スガは並んで用を足すカトウに話しかけた。

返事はない。通常営業の不愛想かと横目で確認すると、予想に反してカトウはぼんやりしている。意外な姿をまじまじと見つめていたら、気づいたカトウに「なんだ」とにらまれた。

ほぼ同じタイミングでトイレを出て、自販機コーナーでそれぞれ飲み物を買う。カトウはコーヒー、スガはメロンオレ。

ここでもカトウが心ここにあらずというふうなので、スガは思いついて尋ねた。

「もしかしてあの蝶のコレクション、けっこう楽しかった？」

「……まあ、そうだな。本物のドルーリーオオアゲハ、できれば見てみたい」

「へえ、カトウさんにもそういうかわいげがあんのね」

短い休憩を終え、再び車に乗りこんだところで、カトウが「そういえば」と口を開いた。

「滋賀と蝶という組み合わせで、思い出した話がある」

「なにそれ、日本昔話的なやつ？」

蝶が恩返しに来るストーリーが思い浮かぶ。カトウはため息をつき、話しはじめた。


自殺幇助業者との契約が現実だったことは、二週間後にわかった。早くも梅雨の蒸し暑さが漂いはじめた夜に、〈さんず〉のふたりは再び西沢のもとを訪ねてきた。

「残念だけど、七つの条件のすべてを満たす候補者は見つかんなかったよ」

「そうか」

彼らを責める気持ちはなかった。難しい人探しであることは、重々承知していた。

「でも、六つに該当する方が三人いました！　すごくない？」

スガが大げさに三本の指を突き出す。

西沢は逸《はや》る気持ちを抑えて、彼らが示したデータを覗きこんだ。

難波《なんば》祐輔《ゆうすけ》……三十二歳。開業医。滋賀在住。蠍《さそり》座。容姿端麗。

梅田《うめだ》泰之《やすゆき》……三十五歳。証券会社勤務。滋賀出身。乙女座。

富田林《とんだばやし》和也《かずや》……三十歳。IT企業経営者。滋賀との関連なし。乙女座。容姿端麗。


「あ、野球は全員やってたから」

「梅田は不細工なのか？」

「会ってみる？　はっきり言って、条件に86％該当した人が三人いただけでもすごいよ。おれたちの調査力を褒めてほしい」

ふうむ、と西沢は息を吐いた。

「彼らは蝶が好きなのかな？」

「それは間違いなく。コレクションの内容を伝えたら、三人とも目の色が変わってたから。筋金入りのオタ……コレクターだよ」

「短期間でよく見つけてくれた。三人全員と実際に会って話したい」

〈さんず〉の仕事は早かった。わずか三日後の週末には、西沢の自宅の客間に三人の候補者が顔をそろえていた。

難波祐輔は、開業医らしく堂々とした映画俳優のような美青年だった。だがお坊ちゃん育ちのせいか、独特の幼さを感じないでもない。

梅田泰之は、事前に聞いていたとおり髪の薄くなった不細工な男で、媚《こ》びた笑顔をこちらに向けている。ただし目は笑っておらず、三人のなかでいちばん如才がなさそうだ。一見地味だが仕立てのいいスーツの袖から、貧相な容姿にそぐわぬ腕時計が覗いている。

海外製のこじゃれたスーツを着た富田林和也は、土産に希少なワインを持参していた。だが西沢は医者から飲酒を止められている。自信がありすぎるタイプと見受けられた。

西沢は脇に立つスガにちらりと視線を送った。スガは小さく口を動かした。たぶん「86%」と言っている。たしかに、西沢の出した条件に、好ましい人間かどうかは含まれていない。

カトウとスガを加えた五名を、西沢は地下のコレクションルームへ案内した。三者三様だった候補者たちの様子が、ここではほとんど同じになった。目を輝かせ、口を開け、所狭しと並んだ標本に心を奪われている。壁から棚へ、棚からショーケースへと歩き回る様は、彼ら自身が花から花へ飛ぶ蝶になったかのようだ。

「あんたらが蝶を愛しているのはたしからしいな」

西沢の言葉で、彼らはやっと他人の存在を思い出したようだった。それまでのあいだに、西沢は候補者たちをたっぷり観察することができた。我に返った三人が西沢のほうへ体を向ける。

「ここに飾ってあるのは、コレクションのほんの一部だ。よそに保管してあるものも合わせれば膨大な量になるが、あんたたち、保管場所は確保できるのか？」

富田林が力強くうなずいた。「もちろんです。我が社の一角にミュージアムスペースを設けてもいいくらいですが、それはお望みじゃないんですよね。現在、新居を構想中なんですが、図面を引き直してコレクションルームを増設しますよ」

負けじと難波が主張する。

「妻の実家が近々空き家になるので、そこに陳列します。芦屋《あしや》の洋館なので、雰囲気を含めて、蝶たちにふさわしい環境になると思います」

「妻帯しているのかね？　子どもは？」

「ふたりいますが、ご安心を。コレクションには指一本、触れさせません。現にいまも、標本の置いてあるマンションは立ち入り禁止にしています。当然、保存状態にも気を遣っていますよ。虫、紫外線、湿気、それに標本をだめにしかねない無知な人間。

こうして一部を拝見しただけでも、あなたのコレクションはすばらしい。譲っていただけるなら、それがたとえ何万頭であっても、完璧な保存のために最善を尽くします」

うまいことしゃべっているつもりだろうが、やはり稚気が漂っている。富田林は後ろで苦笑している。

相槌《あいづち》を打ちながら聞いていた梅田が、「でも」と続けた。「そうは言ったって、お子さんがいる人でしたら、いざというときはお子さんが優先になりませんか。大地震が起こったとき、お子さんを放り出してコレクションのほうに駆けつけられます？　独り身の私はできますけどねえ」

ライバルを蹴落とそうとしたのだろう。

しかし難波は「蝶に行きますよ」と即答した。

「子どものことは、妻がしっかりやってくれますよ。僕は妻を信頼してるんでね。適材適所ですよ」

この答えは予想していなかったのか、梅田は頬を引きつらせている。

「先生、それって医者の職業倫理としてどうなんですか。緊急事態になったら、人命を最優先してくださいよ」

富田林が冗談めかして引き継いだ。

「俺は正直、そういう事態になったら迷っちゃうだろうな。恋人はいるし、これから先に大切な存在が増える可能性は大いにある。だからこそ、コレクションルームにはできるかぎり最高の設備を整えます」

天然のままに振る舞う者。足を引っぱろうとする者。他者を利用して人間性をアピールしようとする者。なるほど、さまざまだ。西沢はコレクションを見回した。おまえたち、どう思う？　どいつが俺が求める男なんだ。それとも、このなかには存在しないのか。

若いコレクターたちの姿に、雌のドルーリーの持ち主だった印章店の主人のイメージが重なった。

——しつこいなあ。

度重なる訪問と強引な交渉で、主人の端整な顔から同好の士に対する親愛の情はすっかり消えていた。それどころかはっきり迷惑と書いてあった。

——どれだけ金を積まれても譲らないと言ってるだろ。卑しいやつだな、あんたは。

軽蔑のまなざしを向けられて、怒りと屈辱に震えたのを覚えている。よろめいて、近くの台に手をついた。そこには子ども向けの柄の紙包みが載っていた……。

「少し疲れた」西沢は面接を中断し、いったん書斎に戻った。家政婦の介助で薬を飲み、調子が戻るのを待って、再びコレクションルームへ向かう。入り口で車椅子を止め、少し離れたところから青年たちの様子を見つめた。

難波はアレクサンドラトリバネアゲハの標本の前に立ち、カトウ相手に熱弁をふるっている。

「やはり、アレクサンドラトリバネアゲハはすばらしい。もちろん雄のね。この大きさ、スタイリッシュなX型の翅、メタリックブルーにもエメラルドグリーンにも見えるあざやかな色。ハイビスカスの蜜を主食にしているところまで、なにもかもが美しい。ワシントン条約で取り引きが禁じられているが、やはりあるところにはあるもんだね」

ベタだな、と富田林がからかった。悪気はなく、むしろ親近感を覚えたような言い方だったが、難波は少しむっとしたように眉を寄せた。

「ベタというのはつまり、それだけ人気があるということだからね」

「ああ、俺も好きだよ。でもこれは、譲ってもらっても人に見せられないな」

経営者としてはコンプライアンスが気になるわけか。

一方、梅田はやや離れたところに立ち、壁の一角を見上げていた。そこにあるのは、ドルーリーオオアゲハの雌のレプリカだ。

スガが声をかける。

「梅田さん、これ本物に見えるだろうけど、じつはね……」

「レプリカでしょう。いや、本当によくできてて感心するよ」

そこに富田林が合流する。

「だよな。このレプリカ、箱までこだわって作られてる」

スガにはぴんと来ないようだ。

「ふつうの、ちょっとゆがんだ木の枠にしか見えないけど、コレクターさんから見ると違うんだ」

西沢は室内に入っていった。

「楽しんでもらえているようだね」

注目が西沢に集まった。梅田が揉《も》み手で近づいてくる。

「いやあ、西沢さん。これはたいへんすばらしいコレクションですよ。正直、これほどのものとは想像しておりませんでした。ここに展示されていないものも、さぞかし美しいのでしょうねえ」

富田林と難波も口々に言う。

「どうでしょう、ドルーリーオオアゲハも見せてはもらえませんか。レプリカじゃなく本物の。譲渡の対象でないことはわかっていますが、ひと目だけでも」

「シエラレオネの雌のドルーリーといえば、昔コレクターが殺されて奪われたってうわさがあったほどでしょう。見たいなあ」

西沢の脳裏に、印章店の庭にあった金木犀《きんもくせい》が浮かび上がった。もう夜であたりは真っ暗だったのに、オレンジ色がいやにあざやかだった。対照的に店内は薄暗く、明かりをつけていてもすべてがくすんで見えた。その床に横たわった男の姿も。商品ケースの角を汚した血も。もの言わぬあるじを、壁面の蝶たちが見下ろしていた。西沢は店主のポケットから鍵を抜き取り、それを使って事務机の引き出しを開け、ドルーリーオオアゲハの標本を引っぱり出した。いつでも鑑賞できるようにそこに置いてあるのだと、前に聞かされていたのだ。そのままでは目立つので、台の上にあった紙包みを開いて標本箱を包んだ。それを持って帰る途中、明かりのない路地で少年とすれ違った。互いの顔も見えない暗さだったが、少年がバットと古びたグローブを持っているのが目に入り、そういえば印章店にあった紙包みの中身はグローブだったと思った。が、それだけだ。ついにドルーリーオオアゲハを手に入れた高揚感に、あらゆる思考が呑みこまれていた。

あのあやまちのツケを、いま払わされている。

「ドルーリーはだめだ」

見せることは絶対にできない。

「ザルモクシスならいいだろう」

西沢は携帯型の家庭用ナースコールで家政婦を呼んでおいてから、部屋の奥の金庫のところへ行き、候補者たちから手元が見えないよう気をつけながら暗証番号を入力した。それだけの動作もだんだん難しくなって、もたつくようになってきた。やって来た家政婦に、ザルモクシスの標本を取り出すよう命じ、ただちに扉を閉めさせる。

「見たまえ」

家政婦が標本を差し出したとたん、場の空気がはっきりと変わった。

「……これは、すごい」

富田林がかすれた声をもらし、ふらふらと近寄ってくる。難波と梅田もそれに続く。まるで蜜に集まる蝶のように。彼らはしきりに生唾を飲み、おずおずと標本箱を手にとってためつすがめつ眺めた。

黙って経過を見守っていた〈さんず〉のふたりも呼んでやる。これが、とスガが声を弾ませる。

西沢はしばし目を閉じて、若者たちが発する熱を浴び、その息づかいを聞いた。コレクターの連帯感と優越感が全身にみなぎる。こんな体でも自分はまだ生きているのだと強く感じる。もうすぐこのコレクションともお別れだと思うと、惜しいという気持ちが湧いてきて、まだそんな気持ちが残っていたことに我ながら驚いた。いっそ棺《ひつぎ》に入れて持っていこうかという考えが脳裏をかすめるが、実行する気はない。たった一頭の蝶でいいのだ。自分の最期に寄り添ってくれるものは。

コレクションの見学を終え、全員で一階の客間に戻った。途中、ペンを落としたと言って家政婦とともに引き返したカトウが合流するのを待ち、西沢が重々しく口を開く。

「ふむ、面接の結果だが、正直選びかねている。蝶への執着は等しく本物のようだ」

西沢さん、と梅田が声をあげ、鞄《かばん》から書類の束を取り出した。

「資産運用についてお困りのことはないでしょうか。お体に不安があるのであれば、財産はいくらあっても余るということはございません。私ならお役に立てると思います」

ここに来てのなりふりかまわぬ点数稼ぎに、難波は眉をつり上げた。最後まで子どもっぽい印象がつきまとっているが、その素直さは嫌いではなかった。

書類を書斎へ持っていくよう家政婦に指示し、あらためて三人の候補者に向き直る。

「ところであんたら、ゆで卵を作ったことはあるかい？」

当惑による沈黙を破って、スガが小さく片手を挙げた。

「おれはあるけど」

候補者でないスガの答えに意味はない。そして、ほかに経験者はいないようだ。

「三人とも失格だ」

へっ、とスガが声をあげた。候補者たちはぽかんとしており、冷静なカトウさえもすぐには言葉が出ない様子だ。

「あんたたちの人となりを知りたかったんだが、その程度の料理もしないやつは不精者だ。コレクションに対しても手を抜かれてはたまらんからね」

候補者たちの不満にも弁解にも懇願にも、西沢は耳を貸さなかった。彼らが憤慨して、あるいは悄然《しょうぜん》として帰ってしまうのを、家政婦に淹《い》れさせた茶をすすりながらただ待った。

やがて三人きりになって、スガが尋ねる。

「厳しい条件といい、いまのやりとりといい、コレクションを譲渡する気なんて最初からなかったんじゃないの？」

西沢は肯定も否定もせず、湯飲みをゆっくりと口に運ぶ。同じ動作をずっと速くおこなったスガが、おいしい、と目をみはった。

「宇治から取り寄せている逸品だ」

「さすが。うちの申し込みフォームに、好きな食べ物を入力する欄があったのを覚えてる？　西沢さんはなにも書いてなかったけど」

「必須項目ではなかったと思うが」

「おれ、料理が得意なんだ。だから最後の晩餐っていうか、依頼人が亡くなる前に好きなものを作ってプレゼントすんの」

「俺にはこれといって食べたいものはないな」

「みたいだね。ま、西沢さんは死に方があれだもんなあ」

ドルーリーオオアゲハを食べる。あの美しくも恐ろしい蝶を身の内に取りこむ。溶け合ってひとつになる。それが西沢の望む最後にして唯一の食事だ。

「意外に思われるかもしれないが、俺はもともと欲は薄いほうでね。こんな資産をこしらえたのは、強欲だったからではなく勤勉だったからだ。蝶だけが特別だった。あれを見ていると、正気が保てなくなる」

「ワシントン条約を破るくらいだもんね。さっき難波さんが言ってた殺人のうわさも、もしかして西沢さんのことだったりして」

「想像に任せる。謎に包まれているのがドルーリーらしい」

「どういう意味？」

「ドルーリーオオアゲハの生態はよくわかっていないんだ。たとえば幼虫はなにを食べるのか。成虫の体内に毒があることから、同じく毒を持つジャコウアゲハのように、毒草を主食にしているんだろうと推察はされているがね」

「へえ、なんだかロマン」

ロマン。スガの用いた言葉に、西沢は顔をほころばせた。妄執をそんなふうに言い換えることもできるのか。母の着物。店主の白い顔。庭を舞っていた死にかけの蝶。西沢は高い生け垣の向こうへ顔を向け、燃えるような夕日に目を細めた。

「俺は幻の蝶を追いかけて生きてきたんだ。だれも知らない、俺だけが知っている、俺だけの蝶。それが存在するのかどうか、いまだわからないが」

西沢の望む人物を見つけることは不可能と判断し、〈さんず〉は契約を解除して撤退した。

それから三回目の夜が来た。ベッドでうとうとしていた西沢は、空気の動きと人の気配を感じて目を開けた。真っ暗な部屋で、男のシルエットが自分を見下ろしている。

自殺幇助業者が去って以降、家政婦には夜間は防犯カメラを切り、鍵を開けておくよう命じてあった。不審な命令に違いないが、黙って従うよう金を渡してある。カメラに姿を残したくない相手の訪問を受けることは、これまでにもたびたびあった。家政婦は呼ばれるまで自室にいるはずだ。

枕に頭をつけたまま、無言の訪問者のシルエットを見つめた。強烈にこみ上げてくるものがある。満たされる感覚。静穏にして無上の喜び。

男の手が音もなく動いた。指の先から、蝶の翅が生えているように見えた。

捜し求めた幻の蝶に、ついに会えたのだ。

条件を変えて新たに候補者を探すこともできるというスガたちの申し出を西沢は断り、〈さんず〉はこの件から手を引くことになった。業者を巻きこんだ時点で依頼人の大半は腹をくくるとカトウは言っていたが、西沢は当てはまらなかったわけだ。

ところが、それからわずか数日後、西沢隆《たかし》が死亡した。本人の望みどおり、ドルーリーオオアゲハを食べて亡くなった。

カトウからの電話でそれを知ったとき、スガはひとり暮らしのアパートで小松菜を茹《ゆ》でていた。

「ふさわしい譲渡先が見つからないことには、死んでも死にきれないんじゃなかったっけ？」

気が変わったということなのか、それとも。

「やっぱ、あのふざけた候補者の条件に秘密があったのかね」

スガ個人にとってはどうでもいいことだった。

「わからん。だが、このままでは終われない。会社に呼び出された」

「まあ、そうなっちゃうよね」

スガのタブレットが受信を告げているメールも同じ内容だろう。

三時間後、スガとカトウは都心の一等地にある洋館にいた。元はどこかの大使公邸だったという広々とした建物は、常に完璧に管理された空調のおかげで梅雨の蒸し暑さとは無縁だ。

二階の一角にある待機室に入り、別の場所にいる分析チームと緊急ミーティングを行う。互いに顔は見せず、加工された音声のみの通信だ。実在するかどうかもわからない分析チームの担当者の名は、ヤマダと言った。ヤマダは西沢の件を調査するようスガたちに指示した。

西沢の蝶への執着と、スポンサーたちの自殺者への執着。強いのはどちらだろう。

とにもかくにも、強欲な老人たちの命令に従い、スガは職務を果たすしかないのだ。

洋館を出たとき、カトウのスマホが鳴った。画面の表示を確認し通話ボタンを押す。緊急性のある相手のようだ。

一分もしないうちに、カトウは通話を切った。

「難波祐輔が逮捕された」

「難波祐輔って、あの難波さん？　蝶の譲渡候補者で、医者の」

「そうだ。容疑は西沢邸への不法侵入」

「それってまさか、難波さんが西沢さんを殺したかもしれないってこと？　自殺じゃない可能性がある……？」

「わからない。もしそうなら、難波を候補者に選んだ俺たちは無関係とは言えない」

「え、警察にパクられたりする？」

「それはない。警察くらい会社が黙らせられる」

「じゃあなんでそんな難しい顔してんの？」

スガの鈍さにいらだったようにカトウは舌打ちをした。

「西沢は分析チームがスポンサーのために厳選した自殺志望者だったんだぞ」

「だから？　うちの依頼人は全員そうでしょ」

「西沢がなぜ死んだのか解明しないと、スポンサーたちに提供できない。せっかくの素材を調理段階で台無しにするようなことはあってはならないんだ」

カトウは恐ろしいほどに真顔だった。

「……あってはならないったって、なにがどうなるってんだよ」

「追いこまれるぞ」

どこに、と問おうとして、舌が途中で固まった。

スポンサーたちの浮世離れした姿に、翅を広げたドルーリーの姿が重なる。美しき猛毒。

自分の死を意識した瞬間、スガの背筋がぞくっと震えた。

新鮮で奇妙な感覚に戸惑いを覚えると同時に、脳裏に姉の後ろ姿が浮かんだ。ひるがえる黄色いマフラー。長い髪。

スガは左手を頬に当てた。いま自分はどういう顔をしているのだろう。鏡が欲しい。

翌日、カトウはさっそく警察からの情報を仕入れてきた。会社を通じてなのか、カトウ個人に伝手があるのか、そのへんの仕組みをスガは知らない。どっちも、というのが正解なのかもしれない。

「まず、難波の容疑は不法侵入と窃盗だ。西沢が死んでいるのを発見した家政婦が、死に方が死に方だけに警察に通報し、駆けつけた警察官がコレクションルームの異変に気づいた。そして、ザルモクシスオオアゲハとアレクサンドラトリバネアゲハの標本が盗まれていることが判明した。難波が捜査線上に浮上したのは、深夜一時半ごろ、逃げていく彼の姿を近隣の住民が目撃してたからだ。それでモンタージュを作って家政婦に確認したところ、難波だとわかった」

「蝶を盗むために、西沢さんを殺したってこと？」

「だが、難波が西沢邸に侵入したのは、西沢が死ぬ前日なんだ」

「なにそれ」

難波が侵入したとき、西沢邸の防犯カメラは切られ、玄関も無施錠の状態だったという。家政婦は西沢の指示だったと話しているが、警察は彼女が共犯である可能性も視野に入れて捜査をおこなっているとのことだった。

「ザルモクシスは金庫に入ってたよね？　家政婦がロックを解除したわけ？」

「いや、それは難波が工具を使って開けている。こじ開けることは不可能だと聞いていたが、難波には工学の知識もあったらしい」

「でも、無理にこじ開けたら、西沢さんか家政婦がすぐに気づきそうなもんだけど」

「西沢はあの日の夜から体調を崩していて、コレクションルームには立ち入っていない。またコレクションルームの清掃は一日置きで、掃除をした日の夜に難波が侵入した。だから、家政婦から連絡を受けて警察が来るまで事件は発覚しなかった」

妙なのはここからだ、とカトウは眉間にしわを寄せた。

「ザルモクシスとアレクサンドラのほかに、ドルーリーオオアゲハのレプリカの標本もなくなっている」

「レプリカ？　本物じゃなくて、あの壁にかかってたやつ？」

「ああ」

「それって価値あるの？」

「よくできてたから、インテリアとしての価値はあるかもしれない」

「二百万とかそんなことは……」

「ないだろうな。だからおかしいんだ。警察はそれも難波が盗んだと思っているようだ。明かりをつけずに犯行に及んだから本物と間違えたんだろうと。だが、面接の場にいた難波が間違えるはずがない」

金庫のなかに本物。壁にレプリカ。彼はそれを知っていた。

「難波はなんて言ってるの？　ていうかさ、難波が窃盗を働いたのが西沢さんの死の前日なら、難波が金庫を開けたとき、そこにはドルーリーの本物もあったはずだよね。西沢さんは翌日にドルーリーを食べて死んでるんだから。ザルモクシスとアレクサンドラだけ盗んで、ドルーリーは残していったってこと？」

「レプリカについては捜査の優先順位が低いのか、警察は難波にまだ聴取をしていない。だが、そのことに関して彼は興味深い証言をしている。コレクションルームに侵入して金庫を開けたとき、そのなかにあったのはザルモクシスだけだったそうだ」

スガは目をしばたたいた。

「ドルーリーオオアゲハは西沢さんが事前に取り出してたってこと？」

「それなんだが、候補者の面接のときから、すでにドルーリーの本物は金庫にはなかった」

「どういうこと？」

「俺はあの家政婦に頼んで、ひそかに金庫のなかを見せてもらったんだ」

「ペンを落としたって戻ったときか。なんのために？」

「ドルーリーの写真を撮りたかったんだ。ツレが蝶が好きでな」

「それでカトウさん、ドルーリーに食いついてたんだ」

見かけによらず尽くすタイプなのかもしれない。

「で、そのときドルーリーはなかったと」

「別の場所に保管しているんだと思っていたが、警察が調べたところによると、あの金庫のほかに貴重なコレクションを保管しておくような場所はないらしい」

「じゃあどこにあったんだろう」

「どこにもなかったんじゃないか。西沢はドルーリーオオアゲハを持ってはいなかった」

「持ってなかった？」

「妙だと思ったんだ。基本的にコレクターというのは、自慢のコレクションを人に見せびらかしたいものだろう。ところが西沢は、おまえがドルーリーの本物を見たいと言っても見せなかった。それどころか、譲渡候補者の三人にさえ見せなかった。見せなかったのではなく、見せられなかったんだと考えれば、つじつまが合う」

「なるほど。理由はわからないけど、あるある詐欺してたってことか。でもさ、そしたら死ぬのに使われたドルーリーはどこから出てきたわけ？」ないものを食べることはできない。

「ヒアリングの日の帰りに、むかし滋賀県で蝶のコレクターが事故死した話をしたのを覚えてるか？」

唐突に話が飛び、スガは眉をひそめたが、カトウは構わず続ける。

「西沢邸に三人の候補者を連れて行った日、難波はシエラレオネ産の雌のドルーリーについて『昔コレクターが殺されて奪われた』と話していた。気になってあとで調べてみたら、事件が起きたのは滋賀だった。つまり、俺と難波が話していたのは同一の出来事だった」

「西沢さんの出した条件のなかに、滋賀に縁がある人物ってのがあったね。……カトウさんは、コレクターの事故死がじつは殺人で、西沢さんが関わってたって言いたいわけ？　で、なんらかの目的のために〈さんず〉を利用したと」

「そうだ」

「でも、西沢さんはドルーリーを持ってなかったんだろ。西沢さんが滋賀の事件の犯人なら、ドルーリーを持ってたはずだよ」

「おまえは先入観で早とちりしてるな」

カトウの口から、滋賀の事件の詳細が語られる。

「……なるほど、それならたしかにおれの早とちりだわ。でも、やっぱり本物のドルーリーがどこから現れたかについては未解決のままじゃない？」

「消えたレプリカの標本。そのすべてが偽物だったわけじゃないとしたら？」

「それってヒントのつもり？　まったく意味わかんないんだけど」

雨は何日も降りつづき、夜になってもやむ気配はなかった。

路肩に停めたワンボックスカーの助手席から、社員用の出入り口を見張ること約一時間。大勢のスーツ姿が水滴の向こうを通過していったが、目当ての人物はまだ現れない。

退屈しのぎに、スガは親指と人差し指を十五センチほどの間隔に開いてみた。西沢宅で見たドルーリーオオアゲハの雌のレプリカの大きさは、十五センチ弱。

「芋虫や蛹を食べるって地域はあるけど、成虫でしかもこのサイズって、ちょっとすごいよね。調理したのかな。揚げるとかすればなんとか……いや、やっぱきついか。でも、あの人だったらナマでもいけるのかな。うえ、想像したら気持ち悪くなってきた」

運転席のカトウはこちらを一瞥《いちべつ》することもなく、無言で出入り口の監視を続けている。いつものことなので、スガはかまわずひとりでしゃべる。

「そういえば、おれたちはふつう蝶は食べないけど、蚕の糞《ふん》ならけっこう日常的に食べてるって知ってた？　糞と食べ残しの桑を混ぜたものを蚕沙《さんさ》っていって、肥料や飼料にするらしいんだけどさ。その蚕沙っていうのが、緑の着色料の原料として使われてるんだって。つまり抹茶のアイスとかお菓子とか。ちなみに漢方薬としても有用で、蚕沙茶なんていうのも……」

「来た」

簡潔きわまりないカトウの報告に、スガのひとり語りは遮られた。前方に目を凝らすと、たったいま会社から出てきた男が、黒い傘を差してこちらへ向かって歩いてくる。

カトウがエンジンをかけ、スガはタイミングを見計らって助手席の窓を開けた。

「こんばんは」

男は傘をちょっと傾け、小さな目をぱちぱちさせた。

「あなたがたは、先日、西沢さんのところで……」

「ちょっと話したいことがあるんだけど、いい？　家まで送るからさ」

「え……なんですか、いったい」

「蝶に関する話」

「もしかして、西沢さん、私にコレクションを譲ってくれる気になったとか？　いや、まいったな……」

梅田は喜色を抑えようとしているふうだったが、車に乗るよう再度うながすと、傘を閉じて後部座席のドアを開けた。乗りこむ重さで車体がわずかに沈む。

スガは体をひねってタオルを差し出した。必要以上に恐縮しながら、梅田はグレーのスーツを無造作に拭う。スガには判別する目がないが、おそらく高級品だ。

ワンボックスカーは滑らかに発進した。梅田の自宅まで、ふつうに行けば小一時間。会話の時間がそれで充分なのか足りないのかはわからない。後部座席のドリンクホルダーにセットされたサンチャンが、高性能録画装置のレンズを梅田に向けている。外からではわからないが、対象の動きを自動で追尾する機能が備わっており、梅田の言動と表情のすべてが記録される。

「西沢さんが死んだのは知ってるよね？」

「えっ、そうなんですか？」

驚いた様子の梅田に、スガは平静な声で尋ねた。

「単刀直入に言っちゃうけど、西沢さんのところからドルーリーオオアゲハのレプリカを持ち去ったのは梅田さんでしょ」

「え、あれがなくなったんですか？」

梅田の声は寝耳に水というふうだが、顔はほとんどが影になって目元しか見えない。

「私が持ち去ったなんて誤解です。どうして、そんな」

「その演技、もういいよ。西沢さんが本当はドルーリーオオアゲハの本物の標本を持ってなかったことは知ってる」

梅田の目には当惑の文字が浮かんでいる。

「でも、西沢さんはドルーリーオオアゲハを食べて、その毒で死んじゃった。持ってなかった本物が現れ、持ってたレプリカが消えたってわけ」

本物を持ちこんだ人間がレプリカを持ち去ったと考えるのが自然だろう。

「梅田さんはあのとき、ドルーリーオオアゲハのレプリカを熱心に見てたよね」

「ええ、見ていましたよ。熱心かどうかはともかく」

「レプリカの標本箱が、もともとは本物が入っていたものであることに、あなたは気づいたんじゃない？」

対向車の強烈なヘッドライトが飛びこんできた。一瞬、照らし出された梅田の顔に、もう当惑の色はなかった。むしろふてぶてしいほどに落ち着いている。

「あの木製の標本箱、ゆがんでたよね。蝶の持つ毒の影響で木材が変形したんだね」

あのとき富田林は「箱までこだわって作られてる」と言っていた。なにがこだわりなのかスガは知りたかったが、西沢が戻ってきたために会話は途切れてしまった。

「西沢さんはドルーリーオオアゲハの本物を持っていなかった。でもそれが入っていた箱だけは持っていた。ミステリーって感じだよね」

「たしかに」

「ミステリーといえば、コレクションの譲渡先を探す際の条件。経済力のある若い人までは理解できるけど、滋賀県に縁のある乙女座の男性で、野球経験のあるイケメン。どう考えてもおかしいよ。本当に譲渡先を探すつもりなら」

「そうではなかったと?」

「ドルーリーオオアゲハをめぐる殺人のうわさについて、難波さんが話してた。滋賀県で二十三年前に起きた男性の事故死。その男には、当時十二歳の息子がいた。息子の足どりを追うのは骨が折れたけど、やろうと思えばできてしまうのがうちの会社なんだ」

スガは梅田を見つめた。

「梅田さんがその息子だったんだ。梅田——いえ、木津《きづ》泰之さん。そして、西沢さんが捜していたのも、あなただった。二十三年前の事件で、コレクターは殺されたけど、ドルーリーオオアゲハは奪われていなかった。ただし標本箱は奪われた。西沢さんが所持していた標本箱は、もともと木津さんのお父さんのドルーリーオオアゲハが入っていたものなんでしょ?」

「すごいものですねえ。うちの会社でも調査をお願いしたいくらいだ」

梅田は薄くほほえんでいた。

「そうです、私の元の名前は木津泰之です。西沢さんが食べたのは、私の父が持っていたドルーリーオオアゲハです。彼が捜していたのは、厳密には私ではなく、私が受け継いだ父の蝶ですよ」

口調もどこか楽しげだ。

「父はシエラレオネ産の雌のドルーリーオオアゲハの標本を所有していました。多くのコレクターが譲ってほしいと申し入れましたが、父は応じませんでした。見せる相手も選んでいたものだから、本当は持っていないんじゃないかなんてうわさを立てられてもいたようですね。ところが、営んでいた印章店の客としてやってきた県外のコレクターにはころっと気を許してしまったんです。でも、やがて相手はおかしくなって、手を替え品を替え、脅迫まがいの真似《まね》までして、しつこく譲渡を迫るようになりました。父はそれでも拒みつづけていましたが、ある日突然、ガラスケースの角に頭を打ちつけて死にました。私はその日、友達と野球をしていて遅くなってしまいましてね、帰ったら父が死んでいました。私と違って、歳に似合わず女性のようにきれいな顔をしていたので、白くなった顔は人形みたいにも見えたっけ」

父の死に顔を語るときだけ、心なしか梅田は遠い目をした。

「店の前の路地で、男の人とすれ違いました。私はあの男が犯人だと周りの大人に言いました。頻繁に父のもとを訪れていたコレクターがいて、トラブルになっていたことも。でも、だれもその男を実際に見たことがなかった。私自身もね。すれ違ったときも暗かったから、顔は見えなかったんです。それに、問題のコレクターが欲しがっていたドルーリーオオアゲハの標本は、自宅の金庫のなかにちゃんとありました」

だから結局、事故死として処理されてしまったのか。

「お父さんは万が一に備えて、標本箱の中身をレプリカに替えておいたんだね。本物は金庫に隠して。犯人はまんまとレプリカのほうを持っていった」

「相手の態度に不穏なものを感じていたんでしょう。彼は本物が入っていたときの標本箱を何度も目にしているはずだし、犯行時は暗がりだったうえに冷静ではなかっただろうから、中身が替わっているのに気づかなかったんだと思います。びっくりしたでしょうねえ。人殺しまでしたのに、偽物をつかまされたんだから」

相手を思いやるような口調に、スガはたいしたもんだと思った。西沢邸で会ったときに感じた俗っぽさはみじんもない。まったくの別人だ。無駄なく円滑に目的を達成するため、キャラを演じることにストレスを感じないタイプ。面接のときの態度は、人から侮られるくらいのほうが疑われずに動きやすいと考えてのことだろう。

「父を殺した犯人を、私は捜しつづけていました。ほら、やっぱり気持ち悪いじゃないですか、嫌な記憶に居座られるのは。相手を見つけ出して排除するしか、すっきりする方法はないでしょ。でも私は犯人の顔も名前も知らず、わかっているのは蝶のコレクターであることと、ドルーリーオオアゲハの雌のレプリカを持っていることだけ。実物ならともかくレプリカでは手がかりになりません。ずっと行きづまったままでしたが、そこへ今回の譲渡のお話をいただいたわけです」

「西沢さんが、あなたが捜していた犯人だった」

「それはすぐには判断できませんでしたが、彼が私を捜しているのだということはわかりましたよ。ドルーリーオオアゲハをえさにして、あの条件ですからね。年齢、出身地、野球部、乙女座はすごいな。父が死んだ九月十九日は私の誕生日で、父はプレゼントを用意してくれていたんですよ。なぜか包装紙がない状態で店に置かれていたんですが、その包装紙にはハッピーバースデーのシールくらい貼ってあったのかもしれません。小学生の息子がいて野球をやっていることは、関係が円満だったころに父が話していても不思議じゃないですし」

梅田は片手を口に当ててふふと笑った。

「顔立ちについては西沢さんの見込みが外れたな。お話ししたとおり、父はきれいな顔をしていたんですが、母はそうではなかった。私はそちらに似てしまいましたね」

西沢が〈さんず〉に捜させたのは、コレクションの譲渡先ではなかった。名前も知らない、二十三年前に小学生だった少年。

「西沢さんのところでレプリカを見たとき、その標本箱のゆがみ方で父のものだと確信しました。あれは父の自慢で、しつこいくらい見せられていましたから。私が帰り際に、西沢さんに資産運用の書類をお渡ししたのを覚えてらっしゃいますか？」

「ええ」

「そのうちの一枚に、ひとごろし、と書いてさしあげたんですよ。彼が望んでいたメッセージだと思いましたので」

それで、西沢は捜していたかつての少年にようやくたどり着いた。

「事情が事情だから、探偵に調査を依頼することはできなかったのでしょうね。自殺幇助の一環として悩み事の相談に乗ってくれる〈さんず〉さんは、西沢さんにとってたいへん都合のいい存在だったと思いますよ」

その瞬間、運転席のカトウの肩がぴくりと動いた。

こちらの素性を知られている可能性については考えていないではなかったが、こうも素直に口に出されるとは。やはり一筋縄ではいかない男だ。

「西沢さんを責めないでください。彼はドルーリーの毒で死にたがっていたけれど、手元にない。それは自分が殺した男の息子が持っていて、おそらくその息子は自分を憎んでいる。息子に蝶を持ってこさせれば、状況的には殺人と解釈されてしまうかもしれない。おたくはそういうのは御法度《ごはっと》らしいですね。だから本当のことを言えなかったのですよ」

　西沢の死は、梅田による嘱託殺人だった。〈さんず〉は自殺幇助業者だが、第三者による嘱託殺人という形に手を貸すかというと話は別だ。外部の人間が関与すれば秘密の保持が難しくなるため、場合によっては依頼を断る可能性があると、ホームページに明記してある。だから西沢は梅田の関与を隠し、あくまでも自殺であるように偽装した。西沢がドルーリーオオアゲハの本物を持っているかのように振る舞ったのは、梅田に対するメッセージというだけでなく、〈さんず〉を欺くためでもあったのだろう。

「私はあらためて西沢さんとお電話で話をし、互いに捜していた相手であることを確認しました。西沢さんは二十三年前のことを後悔はしていないと言いましたよ。私のほうも謝罪や反省を求めていたわけではありません。ただ、ここから消えてほしかっただけ」

梅田は自分のこめかみをちょんとつついた。

「双方の利害が一致したので、私は後日、ドルーリーオオアゲハの本物の標本を持って西沢家を再訪しました。防犯カメラと玄関の鍵は、西沢さんが解除しておいてくれました。西沢さんには蝶を食べていただき、私はレプリカを頂戴して帰ったという次第です」

梅田は西沢から〈さんず〉のことを聞かされていた。自殺幇助業は違法なので、スガたちに真相を知られたところで表沙汰になることはないとわかっているのだ。だからこんなにあっさりと殺人を告白する。

「あ、このあたりで降ろしてください」穏やかに梅田が言った。「話も終わったようですし、うちの近くまで行くと車が入りにくいので、ここからは電車で帰ります」

言われるままにカトウがワンボックスカーを路肩に寄せる。ロックを解除する前に、バックミラーのなかの梅田と目を合わせたようだ。

「ひとつ聞かせてくれ。レプリカを持ち去ったのはなぜだ」

ほんの一瞬、虚を衝《つ》かれたような間がはじめて空いた。

「さあ……私も人の子だったということですかね。あのレプリカと標本箱は父の形見ですから」

苦笑まじりの声が本当なのか演技なのかわからない。だが、ドルーリーのレプリカがなくなっていたことが、梅田に対する疑いを抱かせる一因になったのは事実だ。彼はレプリカを持ち去るべきではなかった。合理的には。

梅田は丁寧に挨拶をして車から降りた。グレーのスーツに黒い傘を差して、雨に煙る夜の街へと消えていく。さえない後ろ姿だ。あとには薄ら寒い空気だけが残った。

西沢の目に梅田はどう映ったのだろう。独自のロマンチシズムを貫いた西沢と、血の通っていないような梅田は、ある意味で対極の存在にも思える。それでも西沢は梅田の手にかかって死ぬことを望んだ。

「幻の蝶を追いかけて生きてきた、ねえ」西沢の謎めいた言葉を思い出す。

彼は期待していたのかもしれない。ドルーリーオオアゲハの幼虫が毒草を食べて毒蝶に育つように、父を殺されたあのときの子どもが犯人への憎しみを糧《かて》に成長していることを。自分が与えた毒草で、美しい毒蝶が生まれていることを。

梅田の体に蓄積されたものは憎しみとは違っていたように思えたが、それでも過去の事件がいまの彼を作る大きな要因になっているのは事実だろう。西沢はたしかに、だれも知らない毒蝶を生み出したのだ。自分だけの幻の蝶を。

その美しい毒で死ぬことこそが、彼の本当の望みだったのか。だとすれば、たんにドルーリーオオアゲハの毒というだけでなく、梅田の手で殺されなければならなかったわけだ。

「やっぱ、おれには共感できないわ」

スガは窓ガラスにはーっと息をかけ、白く曇ったところに指で単純な蝶の絵を描いた。

「蝶は好きかって梅田さんに訊いてみたかったな」

「無駄だろう」

「だよね」

彼ならばそのときどきで、好きだとも嫌いだとも答えそうだ。

「西沢の死は広義の自死と判断し、会社にはそのように報告する」

「いいと思うよ。特異なケースだしストーリー性にあふれてるから、スポンサー受けよさそう。ボーナス出たりして」

ガラスの蝶の向こうに、姉のマフラーの残像が一瞬ちらつき、消えた。

スガは手のひらで蝶の絵を消した。
雨はまだやみそうにない。

第四話　思い出の味

　ガラガラッと引き戸を開ける音に、伸明《のぶあき》は胸を高鳴らせて入り口を見た。痩せた体を猫背気味に曲げて入ってきたのは森田《もりた》で、伸明はため息を呑みこんで軽く頭を下げる。客かと期待してしまった。この期に及んで、まだ状況に適応できていない。

「あいかわらずか」

　森田は客のいない店内を見回し、カウンターの椅子に座った。午後九時の居酒屋がこれでは話にならない。

　四十二歳でここに店を構えたときは希望を抱いていた。大通りから外れてちょっとわかりにくい場所だが、夫婦で営む小さな店にはふさわしく、その分アットホームな雰囲気になると思った。料理の味はそこそこだし、値段もけっして高くない。大繁盛とはいかなくとも、常連客が赤ら顔を並べてたわいもない会話を楽しむ、そんな店にしたかった。

しかし、そういう店を実現するために必要な能力が、伸明には欠けていた。向いていないのかもしれないとぼんやり感じたのは、借金が膨れ上がったあとだった。

当座のストレスを解消するため、連日パチンコに通った。妻の奈々《なな》には罵声を浴びせられ、皿や包丁を投げつけられたが、ビンタと怒声で黙らせた。こんなことはどこの夫婦にもよくある話で、一家そろって細々とでも生きていけると楽観視していた。だが奈々までもが伸明に隠れてパチンコに通い、ついでオンラインカジノにのめりこみ、伸明がこしらえたのとは別に借金を抱えこんでいたと知らされた。さらにそのとてつもない数字を告げられたときには、さすがに肝が冷えた。伸明は震える手で奈々を殴り、奈々も灰皿で伸明を叩き、互いをさんざんに痛めつけたあとに、泣きながら抱き合った。

伸明は森田のために、カウンターに灰皿と冷酒を置いた。森田は冬でも冷たいものしか飲まない。当然のようにグラスに手を伸ばすと、高そうなスーツの袖からロレックスが顔を出す。だれでも知っている高級品を身につけることに意義があるというのが彼の持論で、だからスーツも有名なハイブランドのものなのだろう。伸明もかつて覚えようとしたが、どうにも興味が持てなかった。

「で、例の話は考えたか」ひと息ついて、森田は伸明を見上げた。その顔から、伸明は無言で目を逸らした。

「気持ちはわかるよ。俺だってつらい。でもほかに方法はないんだ」

「……わかってます」

「なあ、ノブ。おまえにとっていちばん大切なものはなんだ？　家族だろ。子どもだってまだ小さいんだし、奈々に苦労させるな」

まな板の上の包丁を見つめる。洗ったばかりで濡れて光っている。

再び入り口の戸が開き、現れたのはその奈々だった。開店当初は夫婦で一緒に店を切り盛りしていたが、奈々が客に向ける視線に伸明が嫉妬してしまい、目算が外れてしまった。その後はスーパーのパートを経て、子どもが生まれてからは育児に専念している。

奈々は森田の姿を認めて、媚びた笑いを浮かべた。

「森田さん、いらっしゃーい。超会いたかったよー」

「おう、久しぶり。奈々が店に来るなんてめずらしいね」

「うっかり醬油を切らしちゃったから買ってきてくれって、急に呼び出されたんだー」

奈々は森田に答えながら、アーモンド形の目でちらっと伸明を見た。怒るんじゃないよ、というサインだ。

醤油を頼んだのは営業が始まる前だ。こんなに時間がかかったのは、醤油が見つからなかったのではなく、パチンコに行ってきたのだろう。借金を増やすだけだとわかっていても、依存症に近い状態になっているので止められない。ジャージ越しでもわかる豊満な胸に無遠慮な視線を向け、森田が冷酒のグラスを軽く揺らしてみせる。

「一緒に飲むか？」

「えー、どうしようかなー」

再び奈々が視線をよこす。伸明は拒否のサインを送った。

「ごめんね、ちびたちを部屋に置いてきてるから、また今度」

結婚前にガールズバーで働いていた奈々は、慣れた調子で誘いを断ったが、顔は下を向いていた。奈々の借金の相手は森田だからうしろめたく思って当然なのだが、森田に酌をする奈々の姿など、伸明が耐えられない。

奈々は買い物バッグから醤油を取り出し、ふとカウンターに目を留めた。

「ノブちゃん、せめてなんかおつまみ……」

「いいよ、奈々」と森田。

「遠慮しないでよ」

「まあ、それもそうだな。俺はおまえらふたりの恩人だからな」

森田は借金のことだけを言っているのではなかった。

三十年近くも前、高校を中退してその日暮らしをしていた伸明に、仕事を与えてくれたのが森田だ。それは闇金の取り立てという非合法なものだったが、おかげで曲りなりにも生計を立てることができた。いかつい顔とがっしりした体格はその仕事にはおあつらえ向きで、伸明がひと声、恫喝すれば、だれもが縮み上がって地面に額をこすりつけたものだ。子どものころからバットをボールに当てることさえできずに笑いものにされてきた自分が、はじめて他人を下に見ることができた。

四つ年上の森田は、口下手で不器用な伸明を気にかけ、なにくれとなく世話を焼いてくれた。頭の回転が速い森田は、伸明にとって優れた兄貴分だった。闇金の世界でうまく立ち回って経営者側になると、錬金術のように金を増やしていった。森田の下についていたおかげで、伸明はさんざん甘い汁をすすることができたし、ふつうに働いていては絶対にできない楽しい経験をさせてもらった。

四十歳になって闇金から足を洗いたいと告げたときも、親身になって相談に乗ってくれた。おまえは料理人に向いていると言って、知り合いの店で働けるよう口を利いてくれたのも森田だ。その店は二年後に伸明のものになった。開店日に森田が贈ってくれた胡蝶蘭《こちょうらん》は、いまも目に焼きついている。路地裏のちっぽけな居酒屋には分不相応なほど立派なものだった。

「ねえ、ノブちゃんってば」

「いいって、いいって。こいつはいま頭いっぱいだから」

奈々の言葉にかぶせるように森田が言う。

たしかに、森田は正しい。金金金金金金。森田への借金で、伸明の頭ははちきれそうになっている。

伸明と奈々の借金は、森田が立て替える形で一本化された。銀行や正規の消費者金融に比べれば利息はうんと高いが、支払日に次ぐ支払日で息をつく間もなかったそのときは、ほかに手段がなかった。闇金は自己破産による借金免除の対象外だ。どうなるかわかっていたはずなのに、伸明も奈々も考えることを放棄した。商売というのは、ここできちんと現実に向き合える者でないとうまくいかないのだろう。

奈々がいきなり頭を下げた。

「お願いします、なんとか助けてくださいっ」

「やめてよ、奈々。そうしてあげたいのは山々だし、これまでもできるだけのことはしてきたんだよ。だけどこっちも生活があるからさ」

「お願いします！」

「まいったな。そりゃ、俺だってノブと奈々には幸せでいてほしいけど」

森田が頭をかいて伸明を見る。袖口のロレックスがぎらぎら光る。

森田は伸明たち夫婦の仲人《なこうど》でもあった。伸明が四十になるころ、森田の行きつけのガールズバーで奈々と出会った。カウンターの向こうで愛想よく挨拶した奈々は、まだ二十歳《はたち》になったばかりで、レースクイーンでもやったら似合いそうな、はつらつとした色気を発散していた。こんな女とやれたらいいなと思ったが、まさか結婚することになるとは想像もしなかった。

それまで伸明の生きてきた世界では、人と人との関係性が単純だった。債権者と債務者。強者と弱者。上と下。森田との関係だってそうだ。森田が上で、伸明が下。いくらよくしてもらっていても、そこは絶対だ。脅迫か謝罪以外の言葉を、伸明はほとんど持っていなかった。

そんな伸明にとって、奈々は対等に接することができる唯一の存在になった。娘のような年齢の女を相手におかしな話だが、それが自分という人間に欠けているなにかであり、そのなにかを奈々が埋めてくれているのだと思う。

いつだったか、けんかになって「ぶっ殺すぞ」と怒鳴ってしまったとき、奈々は

「こっちこそぶっ殺してやる」と吠《ほ》えた。さんざん傷つけ合ったあとで、「ほんとは謝りたいんでしょ」と肩をすくめたのは彼女のほうだ。そして、戸惑う伸明の頭を豊かな胸に抱えこんだ。

――ノブちゃんのこと、みんなは怖いって言うけど、けっこうかわいいとこあるって、あたしは知ってるよ。安心して甘えていいんだよ。だから、あたしのこともちゃんとかわいがって優しくして。

ふたりはきっと似たもの同士だったのに、ふたりでいると、ひとりのときには知らなかった感情をたくさん覚えた。奈々と出会わなければ、家族を作る気にはならなかっただろうし、自分の店だって持とうとは思わなかったかもしれない。

結婚の報告をしたときの森田の笑顔を思い出す。満足そうな、ほっとしたような、そして抜け目のない顔。ノブは弟みたいなもんだからと、祝儀をうんと弾んでくれた。その額に驚いていったんは返そうとしたあげく、恐縮と感謝のあまり頭を下げることしかできなかった伸明の隣で、奈々は「わあ、ありがとうございます！　さすが森田さん、太っ腹」とはしゃいでいた。

「……奈々、子ども置いてきてるんだろ」

伸明が言うと、奈々はようやく頭を上げた。無言で買い物バッグを肩にかけ直し、森田の顔を見ずに会釈して店を出ていく。冷たい夜風が流れこんできて、伸明の胸のなかまでをも冷やした。

奈々の後ろ姿をじっと見送った森田が、顔を戻して煙草をくわえる。伸明はカウンター越しに手を伸ばして火をつけた。ふうっと長く吐き出された煙が天井へ上っていく。

「奈々、かなり無理してんな。俺が言えた義理じゃないが、痛々しいよ。せっかくのいい女が台無しだ。おまえも知ってるだろうが、ああいう状態が続いた女は突然こうなるぞ」

森田は親指と人差し指で半円を作り、喉にあてがった。首吊りのジェスチャー。

伸明は答えられなかった。闇金の取り立てをしていたときに、そういう例はいくつも見てきた。森田が言っていることは正しい。

「女を追いこんじゃだめだよ。男が守ってやんなきゃ」

伸明はモツ煮をよそい、小口切りのネギをのせて森田に出した。

「奈々にも言ったけど、俺だって本当に助けてやりたいんだ。でも、おまえも取り立てやってたんだからわかるよな。ダチだから見逃したなんてことが知られたら、俺がなめられる。この仕事、一度でもそっち側に回ったら終わりだ」

森田は盛大に煙を吐いた。

「奈々に死なれるのも、ソープに沈めるのもごめんだろ。俺もだよ」

森田は伸明に自殺を勧めていた。事故に見せかけて死ぬことで保険金を手に入れるという、ありふれた手だ。おまえになにかあったら困るだろうと、森田は伸明に保険をかける金を貸してくれていた。うまくすれば借金を返したうえで家族にも遺《のこ》してやれる。伸明もかつて債務者にやらせたことがあった。よぼよぼの年寄りだろうと、子どもが生まれたばかりだろうと、容赦なく。

「わかってます」

「わかってます、って何回目だっけ」

声の微妙な変化を察知し、伸明はひそかに身構えた。債務者に接するときの森田の呼吸は知り尽くしている。そしていまの森田の態度は、完全に債務者に接するときのものだ。弟分ではなく。

森田は吸いさしの煙草をモツ煮に突っこんだ。

「わかってんならさっさとやれよ。さっさと死ね！」

思ったとおり、いきなり声を荒らげる。

「そうするつもりです」

「なら、いつやる？」

伸明は黙りこんだ。死ぬつもりだというのは嘘ではない。そうするしかないのは重々わかっている。自己破産しようが、弁護士を頼ろうが、闇金からは逃れられない。覚悟はできていた。しかし、なぜか踏み切れない。

「ふざけてんのか！」

怒声とともにモツ煮の器が飛んできた。中身をまき散らしながら床に落ちて割れる。とっさに腕で顔をかばい、器の単価はいくらしたっけと思った。

「俺がいますぐ殺してやろうか？　それとも、やっぱり奈々に稼いでもらうか。おまえみたいな腰抜けのチンポコを相手にしてたオマンコじゃ、たいして売り物にならないかもしれないけどな」

痛む腕を冷やすこともせず、じっと立って森田の罵声をやりすごす。弁解も泣き落としも森田には通用しないし、そもそも伸明にそんな芸当はできない。

そんなところへ、思いがけず新たな来客があった。ホームレスだろうか、よれよれの格好をした小柄な年寄りの男だ。かなり酔っているようで、入ってくるなり「お酒ちょーらい！」と叫んでいちばん手近なテーブル席に突っ伏した。店内の不穏な空気にはまったく気づいていないらしい。見覚えはないから、はじめての客だろう。

「おい、おじいちゃん。出てってよ、取り込み中だからさあ」

森田の抗議も、半分寝ている老人にはどこ吹く風だ。

「ああ、酒ならなんでもいいよ」

ごきげんな調子に、森田は舌打ちをして顔を背けた。伸明は煮汁が染みた袖を拭い、コップに水を注いでテーブル席へ運んだ。水でもわかりはしないだろう。料金を取る気もない。

毒気を抜かれたか、森田はトーンダウンした。

「やり方は決めてんのか」

「お手数はかけません」

「早いほうがいい。延びれば延びるだけ利息が増えてくんだ。それがおまえのためでもあるんだぞ」

ぶちまけられたモツ煮を伸明は黙々と片付ける。冷たくなった袖がぴちゃりと肌に張りついている。

森田は冷酒をひと息にあおって席を立った。

「決心がついたら連絡しろ。悪いようにはしねえから」

な、と最後に添えた声は、場違いに優しかった。

結局、この日の客はホームレス風の年老いた男ひとりだった。それも酒のつもりで水を飲んだきり寝入ってしまい、閉店時間になんとか起こして出ていかせたというだけで、一円の稼ぎにもなっていない。

テーブルに残されたカードに気がついたのは、もはやため息さえも出ず、機械的にコップを回収しようとしたときだった。名刺大の白い紙で、二次元コードが記載されている。

ごみだと思って握りつぶしたあとで、ふと頭に引っかかるものがあった。昔、闇金の取り立てをやっていたころに、債務者から聞いた話。死にたいと願っている者のもとへ、どこからともなく自殺幇助業者のカードが届く。与太話だと決めつけて相手にしなかったが、それがちょうどこんなカードではなかったか。

伸明は丸めたカードを広げ、蛍光灯の明かりの下でよく見た。裏返してもみたが、やはり二次元コードのほかにはなにも記されていない。尻ポケットからスマホを出し、老人が座っていた椅子に腰を下ろす。二次元コードを読みこんだのは、自殺幇助業者の話を信じたからではなく、ただしばらく座っていたくなったからだ。

表示されたサイトにアクセスすると、企業風のホームページにつながった。

「さんず」はすぐに頭のなかで「三途」に変換された。なじみの深い言葉だ。英語のほうはどうせわからないので読んでみる気もなかった。

『死にきれないあなたのお手伝いをいたします』と書いてある。自殺幇助業者。本物だろうか。カードはあの老人が置いていったとしか考えられないから、すると彼が業者の一員だったということなのか。

文章を読むのは苦手だったが、時間をかけてシステムの説明を読み進め、いいかもしれないと思った。「死にきれないあなた」とは、まさに伸明のことだ。怖いわけではない。人を自殺に追いこんだ過去を持ちながら自分だけ助かりたいなどと、虫のいいことを考えてもいない。この世に未練はないはずだ。なのに、なぜか踏み切れない。〈さんず〉は、自殺の妨げとなっている問題や心残りを解消してくれるという。このためらいを取り除いてくれるのなら──。

伸明は二種類のプランのうち、〈よりそいプラン〉を選んで申し込みボタンをタップした。こちらのプランでは、依頼人が自殺に踏み切れるまでのサポートのみをおこない、自殺という行為そのものには手を貸さない。それで充分だ。

　奈々と子どもの顔が脳裏に浮かび、すぐに追い払った。なにも考えないようにして、申し込みフォームに名前や住所、自殺の動機などを入力していく。半信半疑で現実感がないせいか、借金の申し込みをするよりは気が楽だった。

　最終確認画面で『はい』をタップし、伸明は立ちあがって片付けを始めた。


　翌日の午後十一時きっかりに〈さんず〉の社員だという二人組の男が店にやって来た。顔を合わせたうえであらためてシステムの説明をし、事情を詳細に聞き取ってから方針を決めるのが、彼らのやり方だという。ホームページではそれをヒアリングと呼んでいた。日時と場所を指定したのは伸明だ。まだ営業時間中だが、どうせ客などいないだろうという予想は当たっていた。伸明は男たちの脇をすり抜け、表に出て「営業中」の札をひっくり返した。日に日に夜が暗くなる気がする。

　男たちは昨日、老人が座っていたテーブル席を選んで座った。並んで座った彼らの向かいに伸明も座ろうとしたところで、若いほうが「あ」と声を発した。

「なんか注文していい？　おすすめは？」

　これから自殺させようという人間に笑顔で食べ物を要求するというのは、ふつうの神経ではない。そもそもこんな仕事をしている時点でふつうとは言えないが。裏社会ではたまに遭遇する、どこかが壊れているタイプなのかもしれない。

「モツ煮ならすぐに出せる」

「じゃあ、それで」

伸明は厨房《ちゅうぼう》に立ってモツ煮を温めた。ぷんと香りが強くなった。

「あんたは？」

「けっこうです」と答えたスーツ姿の男は、にこりともしなかった。

モツ煮をよそってテーブル席に戻った伸明に、男たちは苗字を名乗った。若いほうはモツにふうふう息を吹きかけて「スガだよ」、年長のほうはノートパソコンを起ち上げながら「カトウです」とのことだが、どうせ偽名に違いない。いつの間にかテーブルの端に緑色のカッパが置かれていた。会社のマスコットだそうだ。

うまーい、とスガが目を輝かせた。こんな状況で料理を褒められることに戸惑いつつ、喜びを感じた。そんな言葉は長いこと聞いていなかった気がする。

箸を止めないスガをよそに、カトウが〈さんず〉と〈よりそいプラン〉について事務的に説明する。ホームページの内容以上のことはなかった。

「さて、峰岸《みねぎし》伸明さん。自死の動機は借金とのことですが」

カトウがパソコンの画面を見て、しらじらしいことを言う。そもそも自殺幇助業者が伸明に目をつけた理由は、闇金の顧客リストが流出したというところだろう。表情のない瞳にブルーライトが反射している。

「ああ。返済のため、事故に見せかけて保険金を手に入れる。方法は知ってるし、自分でやれるよ。ただ踏ん切りがつかねえんだ」

保険金を詐取すると告げても、カトウはまるで動じない。モツ煮を食べつづけているスガも同じだ。

「その理由に心当たりはありますか？」

「ないから困ってんだよ。家族のことも店のことも、気持ちの整理はつけたのに」

「では、死ぬ前にやりたいことはありませんか？」

「やりたいこと？」

そんなふうに、ある意味ポジティブに考えたことはなかった。天井に目をやって心のなかを探ってみる。贅沢《ぜいたく》な生活を夢見たころもあったが、いまはぴんと来ない。

そんな空虚な心に、ふと浮かんできたものがあった。

「……プリンが食いてえな」

無意識に口にして、我ながら驚いた。

ステンレスの容器に入った手作りのプリン。ずっと思い出すことなどなかったのに。しかし突如として記憶の底から現れたそれは、色も形も鮮明だった。味までもがはっきりとよみがえった。

視線を正面に戻す。スガが箸を止めて意外そうにこちらを見ている。

「昔食ったプリンを食いたい」

迷った末に言った。それで決心がつくのなら。

「どんなプリン？」とスガが尋ねる。

スプーンを差し出す白い手が脳裏に浮かんだ。その上にある顔は靄《もや》がかかったようにおぼろげだ。笑っていない口元だけが見えている。

「ふつうのプリンだよ。カラメルだけのシンプルな。どこで食ったか忘れたけど、チビのころだったから、もう四十年近くも前か」

「どっかの店？」

「覚えてねえな。買ったもんか、だれかの家で食わせてもらったのかも」

「そこ重要だから、ちゃんと考えて。よく食べてたの？」

「記憶にあるのは一回だけだ」

うーん、とうなってスガはカトウを見た。これでは特定のしようがないだろう。カトウも打つ手がない様子だ。

もともと期待していなかった。沈黙が落ち、あきらめかけたとき、スガがぱっと顔を上げた。

「同じプリンを食べたら、それだってわかる？」

「あ？　ああ、たぶん」見た目も味もはっきりと覚えている。

「なら、再現してみるってのはどうよ」

伸明は目をしばたたいた。再現する？　自分で作ってみるということか。料理人のくせに、その発想はなかった。

「これを作れるなら簡単じゃない？」

スガが箸でモツ煮をつつく。本当にうまいよ、とカトウに言うが、カトウは興味がなさそうだ。

伸明は首を横に振った。「そういうのはやらねえ」

「男がスイーツなんか、とか思ってる派？　でもプロのパティシエは男が多いよ」

「やりたいと思わねえだけだ」

運動をしたいと思わない、絵を描きたいと思わないのと同様に、特に理由はない。古い人間だった父親や突っ張っていたころの影響で、男が甘い菓子なんてという感覚も多少はあるのかもしれないが。

「そう言うなら、あんたが作ってくれ」

「へ？」スガは鳩《はと》が豆鉄砲を食ったような顔になった。

「いや、最後の晩餐ならともかく、そういうのはちょっと……」

調子のよかったスガが戸惑う様子に、伸明は取り立てをやっていたころの嗜虐的《しぎゃくてき》な気持ちを思い出した。「やれよ。俺は客だぞ」

スガは顔をしかめて相棒を見たが、カトウは無情に顎をしゃくる。つべこべ言わずにやれ、という意味だろう。

「……おれでよければ喜んで。料理は好きだけど、プロに食べてもらうのはとっても緊張するなー」

「まったく心こもってねえなあ」

「そら、ごめんなさいね」

自殺幇助業者とこんなふうに話していることが不思議だったが、そういえば伸明も、取り立ての相手とラーメンを食ったりカラオケをしたりした。あのころは相手の図太さにあきれていたが、なるほど、現実から目を逸らすのなんて簡単だ。

「ところで、最後の晩餐ってのはなんだ？」

「おれが担当する依頼人には、なるべく好きな食べ物を聞いて最後に食べてもらうようにしてんの」

言われてみれば、〈さんず〉の申し込みフォームに好きな食べ物を入力する欄があった。必須項目ではなかったので無視したが。

「店は夜だけでしょ。昼間に厨房を借りるよ」

ああ、と伸明は答えたが、夜だって困らない。

結局、プリン作りは翌日の午後二時からと決まった。スガは乗り気でなかったわりに、「カラメルだけのシンプルなプリンなんだよね?」「容器はどんなのだった?」とあれこれ確認してくるところを見ると、本当に料理が好きらしい。伸明はといえば、森田に勧められたからその気になっただけで、別の道を示されていたらそちらに行っていただろう。

やりとりが一段落するのを待って、カトウが再び口を開いた。「料金ですが」感情を排した物言いは、スガとの対比で陰気に感じられる。

料金は先払いだとホームページに書いてあった。提示された額を見て胸をなで下ろす。手元に残っている金で足りそうだ。つまり森田から借りた金で。

「明日までに用意する」

ヒアリングはこれでおしまいだった。プリン作りという思いがけない展開になったせいで、まだ実感が湧かないまま、正式に契約を交わす。

「ごちそうさま」スガが箸を置いた。モツ煮の皿は空になっていた。

翌日、伸明が二時五分前に到着すると、スガはすでに店の前で待っていた。今日はひとりのようだ。マスコットのカッパが雑に突っ込まれたトートバッグを肩からさげ、スーパーの袋を両手に持っている。袋の口から卵のパックの山が見えた。試作を繰り返す覚悟はできているということか。

伸明にはそんな粘り強さはなかった。そもそも努力なんて間抜けなやつのすることだと思っていて、以前その話を森田にしたら、「おまえは闇金の取り立てが天職だよ」としみじみ言われた。努力できるのも才能のうちだと気づいたのはずっとあとのことで、思えば森田も金貸しとして成功するために努力を重ねていたのだった。そういう意味で、森田は伸明よりずっと上等な人間なのだ。森田の下で天職を続けていたら、こんなどん詰まりに追いつめられずにすんだのだろうか。

「峰岸さん？　入っていいかな」

スガの声で、ぼうっとしていたことに気づいた。

「とりあえず一回作ってみるよ。それを基準にして、より甘いとか硬いとか指示してもらうのが効率がいいかなって。はっきりした特徴があれば最初に聞いとくけど、ないんだもんね」

「そのやり方でいいよ」

調理器具等の在処《ありか》だけ聞くと、スガは荷物を下ろし、さっそく小鍋に水とグラニュー糖を入れて火にかけた。手持ち無沙汰の伸明は、スガの斜め後ろに突っ立ってなんとなく手元を見守っていた。スガが鍋を傾け、ゆっくりと混ぜる。砂糖水が焦げて薄茶色に変わっていき、甘いにおいが立ち上る。

「カラメルから作るのか」

「一度も作ったことない？」

「ああ」

「おれも久しぶり。こういうものって自分のためにはわざわざ作らないからなあ」

火を消して余熱でカラメルを焦がし、そこへ少しずつ湯を注いで混ぜる。持参したステンレスの容器に移し、続いてボウルに卵を片手で割り入れる。レシピは頭に入っているらしく、手際がよい。

へえ、手際いいな。二十年近くも前に森田にかけられた言葉が、ふとよみがえった。

会社として森田が借りていたアパートの台所で、あり合わせの材料で肉野菜炒めを作っていたときだった。当時から羽振りのよかった森田と違い、伸明のほうは金もなく、特に外食が好きというわけでもなかったので、自分で簡単な食事を作ってすませることが多かった。ただ切って炒めるだけっすよ、と伸明は言ったが、森田はたいそう感心して褒めてくれた。ノブ、おまえ、料理人なんか向いてるかもな。

考えたこともなかった。子どものころから料理はたんに必要に迫られて、もしくは命令されてするもので、自分の才能だとかスキルだというふうに捉えたことはなかった。だから職業と結びつける発想もなく、好きなのかと訊かれてもよくわからなかった。ただ、人から褒められるという経験自体がほとんどなかったので、うれしかったのを覚えている。

それからときどき頼まれて、森田に料理を振る舞うようになった。森田の好みはうるさく、時間も食材の都合もおかまいなしで、気に入らなければひっくり返されたりもしたが、反対に小遣いをくれることもあった。伸明は料理が好きなのではなく、森田にかまってもらうのが好きだった。

「家でも料理するの？」

スガに訊かれ、意識を現在に引き戻す。黄色い液体状のプリンが、濾《こ》し器を通ってカラメルの上に注がれるところだ。

「だいたい嫁だな」

「奥さんもおやつ系は作らないんだ」

「あいつは料理は嫌いなんだ。甘いものは太るからってなおさら」

「ぜんぜん太ってないのに」

「見たのか、うちの」

「こういう商売なんで、いちおう依頼人については調査するの」

スガは悪びれるふうもなく、手を止めないまま軽く肩をすくめた。プリン液の入ったふたつの容器にアルミホイルをかぶせ、温めておいた蒸し器に並べる。〈さんず〉がこちらの調査をしたことには驚かなかったが、プリン作りに蒸すという工程があるとは思わなかったので驚いた。

奈々は蒸し器なんて触ったこともないだろう。奈々のことを考えたら急にその胸に顔をうずめたくなって、気を紛らすために首を回した。

「峰岸さんが自死しようとしてること、奥さんは知ってんの？」

「話してないけど、うすうす察してるかもな。逃げ道がないことは、とっくにわかってるはずだし」

奈々の追いつめられ方は伸明以上だ。危うい精神のバランスを、パチンコに行くことで保っている。だからこそ、借金が増えるだけだとわかっていても、伸明は彼女を止められない。

「俺がさっさと死にてえのには、この状態が続けば、奈々に体売れって言い出すかもしれないってのもあるよ。焼け石に水にしかならねえのにな」

愛情深い夫婦の関係が金でめちゃくちゃになる例を、山のように見てきた。自分も同じ轍《てつ》を踏むに違いない。

「峰岸さんの借金、半分以上は奥さんのせいなんでしょ。なのに、優しいね」

「あいつを見捨てたら、俺の生きてる意味なんかなくなるからな。あいつこそ優しくて、いい女だ」

子どもも店も、本心ではどうでもいい。本当に大切なのは奈々だけだ。もし、奈々がいま以上に追いつめられ、彼女の口から「借金返済のために死んでくれ」と告げられたら。ふだんの言い合いとは違う、本気の離別を求められたら。そんな未来を迎えるくらいなら——。

「やっぱ金って怖いんだね。おれはこう見えても金の苦労ってしたことないから、よくわかんないけど」

スガがつぶやく声で、伸明は我に返った。

「……それなのに、こんな仕事してんのか」

「少なくとも金のためじゃないね」

「おまえみたいなのを見ると、俺はつくづく貧乏くじを引かされたんだと思うよ」

スガは屈《かが》んで火加減を確認しながら、ちらと横目で伸明を見て言った。

「おれが料理を始めた理由」

唐突な言葉だった。声がわずかに硬い。

「もともとは必要に迫られてだったんだ。うち、おれが作らないと、まともなメシが出てこなかったから」

聞き覚えのあるシチュエーションに、伸明は軽く目を見開いた。

「おれんち、ジジババと姉との四人家族で。金に困ったことはないんだけど、ジジもババも家事が苦手っていうか、興味ない人たちで。おれと姉も途中までは似たような感じだったんだ。でも小学校高学年くらいのときに、うちって変わってるんじゃんって気づいて、それでおれが料理、姉が掃除洗濯をやるようになったんだ。はじめてゆで卵作ったとき、姉はめちゃくちゃ喜んでたな」

姉、という単語を口に出すときのスガは、どこか無防備な感じがした。

「おまえの姉さんは、おまえの仕事のこと知ってんのか?」

「もう死んでる」

「そうか」

無性に煙草を吸いたくなった。中学生のころから吸っていたのを、奈々の妊娠を機にやめていたが、最近また吸いはじめてどんどん量が増えている。

伸明はポケットからくしゃくしゃの箱を出してスガに示し、ひとり店の外へ出た。

伸明の苦手な青空が広がっていて、すぐに下を向いた。

スガの姉の話は、「金のためじゃない」に続くものなのではないかと思う。こんな仕事をしている理由。

完成したプリンはうまかった。考えてみれば、プリンというものは子どものころに食べたきり一度も食べていないので、出来のよしあしは判断できないが、売り物だと言われても驚かない。とても滑らかで、卵の味がしっかり感じられる。カラメルのほろ苦さもちょうどいい。

「どうよ?」

「うめえな。でも俺の記憶にあるプリンは、もっと甘くてやわらかかった」

「了解」

スガは間を置かずに再び調理に取りかかった。今度はプリン液を四つ分用意して、砂糖の量や蒸し時間などをそれぞれ変えてみるという。

蒸しているあいだに、伸明も店で出す料理の仕込みを始めた。無駄になる可能性が高いが、最後の一日までそうするつもりだった。スガが手伝いたいというので大根の皮を剝かせたら、これがうまくて速い。

「本当によくやってるんだな」

「基本、毎日自炊してるからね。話変わるけど、ソニック・シーズニングって知ってる？」

「なんだって？」

「ソニック・シーズニング。音による味つけとか、音の調味料って意味」

「なんだそれ」

聞いたこともないし、意味がわからない。

「食事中に聞く音によって食べ物の味が変わるってこと。異なる音楽を聞きながら同じチョコレートを食べるっていう実験をしたら、高い音を聞いてるときは甘く感じて、低い音を聞いてるときは苦く感じるって結果が出たんだって。ほかにも、飛行機内のノイズのなかでは味を感じづらくなるけど、うまみだけはちゃんと感じられるとか」

「さあね。でもありそうな気はする。ほら、目で見てる色で体感温度が変わるみたいに、五感は相互に影響を与え合うらしいから」

「本当の話か？」

「まあ、そうかもな」

だが、それがどうしたというのだ。

伸明の当惑を察したのか、スガは手元に目を落としたまま言った。

「たとえ同じレシピで作ったとしても、記憶のとおりの味にはならないかもしれないよ」

そういうことか。あのときの味は、あのときだけのもの。白い手と笑わない口元が、残像のように脳裏に浮かぶ。

スガはこちらに顔を向け、裸になった大根を軽く持ち上げた。

「これ、どうしよ」

「下ゆでしてくれ」

「ほい」

すぐに取りかかったスガを一秒だけ見つめ、伸明も自分の仕事に戻った。

二度目のプリンが完成したのは、開店時間の午後五時をすぎてからだった。スガは謝ったが、客はいないので営業に支障はない。

味も硬さも異なる四つのプリンをひと口ずつ食べ、伸明は首を振った。

「もっと甘くてやわらかかった」

「これよりもー？　どんな甘党でも満足するくらいの味だし、これ以上やわらかいと、もはやプリンじゃなくてカスタードクリームだよ」

「さっき言ってた感覚の問題かもな。当時は甘いものなんかめったに食う機会がなかったから、実際よりも甘く感じたなんてこともありそうだ」

「なるほど。やわらかさについては、次は蒸さずにゼラチンを使ってみるか……」

思案顔でつぶやいたスガは、手早く片付けをすませると、明日は午後一時に来てもいいかと尋ね、伸明は了承した。


三日間でスガが作ったプリンは五十個を超えた。五十一個目だか五十二個目だかで、伸明はついに合格を出した。

「本当にこれでいいの？」

スガがいぶかしむのは無理もない。いくらなんでも甘すぎるし、とろとろを通り越してジュースと紙一重だ。要するに、うまくない。

「ああ、これだ」

「じゃあ、心残りは解消されたってこと?」

一瞬、返事につまった。

どうだろう。そのはずだった。だが——。

「いや、まだだ」

焼けつくような甘味を、喉の奥に感じる。過去へと伸明を呼び戻す味。

思い出した。

「どうやら俺は、おふくろに会いたいらしい」

幼少期の記憶は、痛みと直結している。

伸明の父親は、粗暴が服を着て歩いているような男だった。なにかあると暴力をふるい、なにもなくても暴力をふるった。言語ではなく暴力がコミュニケーションの手段だった。おかげでしょっちゅう警察に連れていかれたし、近所からは家族ごと避けられていた。

いちばんの犠牲者は母と伸明だ。優しかった母は、父がめちゃくちゃにした家のなかを片付けるために生まれてきたみたいだった。美しい人だったように思うが、顔のあざを隠すためにいつも濃すぎる化粧をしていた。

「なんであんなやつと結婚したの」と尋ねると、返事は決まって「ごめんね」だったから、そのうち伸明も訊かなくなった。問いの答えは結局わからないままだ。ある日突然、母は伸明を置いて出ていってしまったから。

あのプリンは、母が家を出た日に作ってくれたものだった。一家は貧乏だったし、手作りの菓子を楽しむような習慣もなかったから、そんなことははじめてだった。しかし幼かった伸明は妙だとは思わず、ただうれしかった。父が留守の時間は常にそうだったように、気が緩んでいたのかもしれない。

笑っていない母の口元。スプーンを差し出す白い手。その手も、受け取る伸明の手も、紫や黄色のあざでまだら模様になっていた。

皿に移されることもなくステンレスの容器に入ったプリンは、ちゃんと固まっていなかった。こぼさないよう慎重に口に運ぶと、びっくりするくらい甘かった。ちょっと、だいぶ、甘すぎた。

ごめんね、と母は言った。

「俺は六歳かそこらで、小学校に上がる前だったと思う」

「そういう味って、たしかに忘れないよね」

「前に言ったとおり、実際にそんな味だったかはわからねえけどな」

「お母さんがどこへ行ったかは……」

伸明は太い首を振った。闇金の取り立てに重宝したこの体も顔も、認めたくはないが父親譲りだ。

「何も知らされてないし、その後はずっと音信不通だ」

「お母さんに縁のある場所とか頼れそうな人は？」

「おふくろから親戚や友達の話を聞いた覚えがない」

そっかあ、とスガがため息をついたとき、店にカトウが入ってきた。プリンが完成したと、さっきスガから連絡を入れてあったのだ。今日も無難なスーツに身を包んだもうひとりの自殺幇助業者は、これで仕事がひとつ片付くと思ってやって来たに違いない。しかしこちらの様子を見るなり状況の変化を察したらしく、相棒に目顔で説明を求めた。

「なるほど。では、ご依頼内容を変更されるということでよろしいですか？」

話を聞いたカトウは、これといった反応もなく即座に尋ねた。なれなれしいほど人なつっこいスガとは正反対で、まるで機械と話しているみたいだ。本来、伸明にとってはカトウのようなタイプのほうが気楽なのだが、この四日間でスガのペースに慣れてしまったらしく、落ち着かない感じがした。

「あんたらが捜してくれるのか？」

「それがご依頼であれば」

「……ああ」唾を飲んで、伸明は答えた。

母の名前や年齢、容姿の特徴、当時の住所などを訊かれ、カトウがそれをパソコンに入力していく。

伸明はまた唾を飲んだ。心臓の鼓動を感じていた。


翌日はめずらしく客が来た。それもひとりやふたりではなく、ひっきりなしにやって来て、テーブルふたつとカウンターのみの狭い店内はたちまち満席になった。

仕入れた材料が少なかったため、閉店一時間前にはほとんどのメニューが品切れになってしまった。モツ煮がいちばんに売り切れた。奈々に材料を届けてもらうことも考えたが、それはやめて閉店時間を早めることにした。

「ありがとうございました！」

頭を下げて最後の客を送り出したあと、伸明は煙草を手に外に出た。煙草というのは、こんなにうまいものだったかと思った。立ち上る煙を追って夜空を見上げると、星は出ていなかったが、建物に切り取られた小さなその空間をきれいだと感じた。首を伸ばしてじっとしていても、寒さはまったく気にならなかった。

死を覚悟してはじめて、こんな日を迎えられるなんて、皮肉もいいところだ。明日もまた同じような日になることを、ぼんやり想像してみる。明日、明後日《あさって》、ずっと続いていけば、それは未来という名前になる。

店の前に一台の黒いセダンが滑りこんできた。見慣れた森田の車だった。運転席から出てきた森田は、助手席側に回って扉を開けた。

森田の背中越しに、うつむく奈々の姿を認め、伸明は煙草を取り落とした。

「バイパス沿いのパチ屋にいた。昼からいままで打ってて、金がなくなったからって俺に電話をよこしたんだ」

奈々は微動だにしない。

「おまえ、ちゃんと見とけよ。これ以上、借金増やしてどうすんだよ」

森田は本気で腹を立てているようだった。

「すいません」

伸明は頭を下げた。絵空事のような未来はかき消え、目の前にはほとんど吸っていない煙草の吸い殻と黒いアスファルトがあるのみだ。

森田が伸明の襟をつかみ、強引に体を起こさせた。視線がぶつかる。森田はやはり怒っていたが、その目に疲労の色があることに伸明は気づいた。

「料理人に向いてるなんて、いいかげんなこと言っちまったって、いまになって後悔してんだよ。……奈々のことも」

最後だけ、ひそやかな声だった。

瞬間、伸明のなかで様々な感情が一気に膨らみ、爆発しそうになった。握りしめた拳がぶるぶる震え、爪が手のひらに食いこむ。

奈々が森田のお手付きだったことは知っていた。伸明の気持ちに気づいて、奈々との関係を取り持ってくれたのも森田だ。森田に逆らえなかったから、奈々は伸明を受け入れた。

たぶん森田は本気で伸明を哀れんでいる。伸明が向いていない飲食店経営に踏み出したことも、奈々というお荷物を抱える羽目になったことも、自分の責任だと感じている。

自分の顔がひどくゆがんでいるのがわかる。

「ご迷惑をかけて、本当にすいませんでした」

なんとか声を絞り出した。

奈々がアーッとかワーッとか獣じみた声をあげ、髪をかきむしった。

森田は舌打ちをして、伸明から離れた。

「とりあえず、おまえの家にこいつ連れてくぞ。ガキもメシ食えてないと思うから、なにか持ってってやる。俺のおごりだ」

奈々は叫びつづけている。黙れよクソアマ、と森田がタイヤを蹴った。奈々は体を大きく震わせ、黙りこんだ。

伸明を残して、奈々を乗せた森田のセダンが走り去る。森田の買ってきた食事を子どもたちがむさぼり食う横で、奈々にまたがる森田の姿が脳裏に浮かんだ。少し前まで、奈々が森田に酌をする姿さえ耐えがたかったというのに。

ここは地獄だ。こんなところにいてはいけない。俺も、奈々も、子どもたちも。

息苦しい喉に、あのプリンの強烈な甘さがよみがえった。

「峰岸さん?」

呼ばれてのろのろと振り向くと、スガがいた。店の前に立ち尽くしたまま、いつの間にか時間がたっていたらしい。今日はスガが店に来る予定ではなかったはずだが、まさかもう母の居所がわかったのか。

「休憩?」

「いや、早めの店じまいだ」

なんの用だと尋ねると、スガは「忘れ物を取りに来た」と答えた。

「忘れ物?」

「峰岸さんに渡した白いカード、〈さんず〉のホームページの二次元コードが書かれたあれ。返してもらわないといけないのに、プリンに気を取られて忘れてた。あと、峰岸さんがホームページにアクセスした履歴も消させてもらわないと」

「あのカードなら捨てたよ。あんたらと契約した日にすぐ捨てた」

「あちゃあ、それじゃあもう回収されちゃってるな。まあいっか。カトウさんにばれたらなんか言われるだろうけど、しゃーない」

「履歴の削除ってのは好きにしてくれ」

伸明は尻ポケットに入れていたスマホを差し出した。テーブルを借りたいと言って店内に足を踏み入れたスガは、大勢が飲食した痕跡を見て口笛を吹いた。

「大繁盛じゃん」

「そうだな」

「モツ煮ってまだ残ってる?」

「もうないよ」

「えー、残念」

「……気に入ったのか」

「だってあれ、めちゃくちゃうまいよ。こだわりの逸品ってやつでしょ」

モツ煮は開店当初からのメニューだ。居酒屋といったらモツ煮というくらいの安直な考えでメニューに入れたが、それを作らない日はなかった。季節によって少しずつ調味料の配分を変えた。森田が訪れるときは必ず出してやった。そうか、そんなふうに考えたことはなかったが、俺のモツ煮は「こだわった」ものだったのか。

「なら教えてやる」

スガは目を丸くした。

「マジで? 企業秘密でしょ」

「墓場まで持ってってもしょうがねえだろ」

「いや、でも」

「なんだ、さっきのはやっぱりお世辞だったのか」

「そういうわけじゃなくて」

スガは当惑しているが、伸明としてはどうしても受け入れてほしかった。

こちらの熱意に根負けし、ついに首を縦に振ったスガの背を、伸明は大げさに叩いた。

一週間もたたないうちに、〈さんず〉は伸明の母の居所を突きとめた。

臼井洋子《うすいようこ》。それがいまの母の名前だそうだ。都内のアパートでひとり暮らしをしているという。都内と聞いて少し驚いた。昔住んでいた家も都内だ。あんなふうに出ていったのに、そんなに近くにいたとは。臼井というのは旧姓か、それとも再婚したのだろうか。

連絡を受けて家を出ようとしたとき、奈々が「どこ行くの」と尋ねてきた。店の営業日でないことは知っている。らんらんと異様な光を放つ目を見据え、伸明は「ちょっとな」と言葉を濁して家を出た。一家の状況は日に日に悪くなっていく。だからこそ、母に会って踏ん切りをつけなければならなかった。

伸明は〈さんず〉のふたりとともに、洋子が住んでいるというアパートを訪れた。

建物はかなり古ぼけていて、暮らし向きがよさそうには見えない。陰気くさいうつろな薄汚れた呼鈴を押すと、老いた女がのろのろとドアを開けた。

目で三人の男を見上げる。うちひとりが自分の息子だとはわかっていないようだ。

伸明のほうもこれが母だとは思えなかった。六十八歳だと聞いていたが、もっとずっと年寄りに見える。白髪混じりの髪は痩せて頭皮が覗き、歯が何本かないようだ。美人だった気がしていただけに、衝撃は大きかった。どこかに過去の面影を見つけようとするが、そもそも顔を覚えていない。ただ、化粧っ気のない顔じゅうに散らばった染みが、あざのように見えなくもなかった。

「……母ちゃん」

子どものころの呼び方で呼びかけてみた。口になじまず、ひどく違和感があった。

洋子がうろんな表情で伸明を見る。その目がみるみる大きくなり、顔色が変わった。伸明、と言ったのか。唇がわななないて吐息のような声が漏れたが、聞き取ることはできなかった。洋子は伸明を凝視したまま、心臓発作でも起こしたみたいに、毛玉だらけのセーターの胸元をぎゅっとつかんでいる。

「もう一回、あのプリンを作ってくれ」

前置きなしに伸明は告げた。顔を合わせたらもっと別の言葉が——愛憎どちらにせよ感情のこもった言葉が出てくるかと思っていたが、なにも出てこない。この老人が母だという実感が湧かないせいかもしれない。心に靄がかかっているみたいだ。

痩せさらばえた肩を震わせ、洋子はさっと目を逸らした。

「伸明さん、おばちゃんのプリンの味が忘れられなかったんだって」

気持ちをほぐすようにスガが言い添える。手に提げた袋には、店で買ってきたプリンの材料が入っている。

「おれたちは伸明さんに頼まれておばちゃんを捜したんだ。びっくりするのもわかるけど、願いを叶えてあげてくれないかな」

洋子は答えず、あえぐような呼吸を繰り返すばかりだ。伸明のほうを見ようとしない。

伸明はドアに手をかけて引いた。内側のノブをつかんでいた洋子の手はあっけなく外れ、ドアが大きく開かれた。寒風が洋子の後れ毛を揺らす。差しこんだ光が、老人のみすぼらしい風体と貧しい暮らしぶりを容赦なく暴きたてる。

玄関を入ってすぐのところが台所で、ごちゃごちゃと物が積み重なり散らかっていた。奥の和室にいた猫が、さっと身をひるがえして逃げた。聞こえてきた鳴き声からして、何匹か飼っているようだ。

伸明は無断で台所に上がったが、洋子はうつむいて体を縮こまらせただけで、止めようとはしない。その動作を横目で見たとき、はじめて母だと思った。ただじっと耐えることで父の暴力という嵐をやり過ごそうとしていた、あの母だ。

拳を握り、冷たい床を踏みしめる。狭いのでカトウは外で待機することにしたらしく、スガだけが「お邪魔しまーす」と断って入ってきた。おばちゃん、とスガが声をかけるが、洋子は靴脱ぎに突っ立って動こうとしない。

「あのプリンを作れ」

もう一度、伸明は言った。洋子はうつむいたまま、黙ってかぶりを振った。

「おい」

洋子の筋張った喉が、ひっと細い音を立てる。

伸明は洋子から目を逸らさずにいた。洋子は震えている。泣いているのかもしれない。そんなふたりを、スガと、彼のバッグから顔を出したカッパが興味深そうに見ている。

「できないなら、そいつにレシピを教えろ。代わりに作らせる」

「また、おれ?」

スガは面食らったようだが、洋子の様子を見てしかたがないと判断したらしい。台所を見回し、バッグと材料の入った袋を床に置いた。

「じゃあ、やってみようかな。おばちゃん、作り方」

洋子は答えない。

「えーと、とりあえずカラメルからでいいかな。あ、鍋借りるね」

スガは調子よく続け、焦げがこびりついた小鍋に水と大量のグラニュー糖を入れる。

「砂糖、これくらいでいっかな。ものすごく甘いプリンだったんでしょ？」

洋子の震えが激しくなった。押さえつけるように自分の腕をつかんだ手を、伸明は見ていた。記憶のなかの手ほど白くなく、しわと血管が目立つ。けれど、あざはない。

幼い伸明とおそろいだったあざ。体のあちこちに感じるはずのない痛みを覚えた。砂糖水を煮つめる甘いにおいが室内に充満し、窒息しそうな気がした。

「よし、と。ボウルも借りるね。かなりとろとろの……」

「……やめて」

小さな声がした。振り絞るような声だった。洋子が靴脱ぎにくずおれ、両手で顔を覆ってむせび泣く。

「もう許して……勘弁して」

「おばちゃーん。どうしたのよ？」

スガが駆け寄り、しらけた表情で伸明を見上げた。異変を察したのか、カトウも玄関のドアを開けて覗きこむ。和室が騒がしいのは、猫たちもなにかを感じ取っているのか。伸明だけが動かずに、泣き崩れる洋子をただ見下ろしていた。

「あのころのあたしは、もう限界だったんです。楽になる方法が、それしか思いつかなかったんです。ごめんなさい。許してください。どうかこのとおりです。勘弁してください。勘弁してください」

洋子は床に額をこすりつけ、謝罪の言葉を繰り返す。ひい、ひい、と哀れっぽい呼吸音が耳につく。

「峰岸さん、説明して」

スガの求めに応じて、伸明は秘めていた事実を淡々と口にした。

「四十年前、この女は俺に農薬入りのプリンを食わせたんだ」

農薬が液体だったから、プリンがあんなにも水っぽくなった。そのにおいや味をごまかそうとして、あんなにも甘くした。

「ごめんなさい……！」

洋子が悲鳴に似た声をあげ、殴られるのを防ごうとするみたいに頭を抱える。それまでは冷めた気持ちでいたのに、そのしぐさを見た瞬間、急に強い感情がこみ上げてきた。

「クズ夫に殴られるだけの人生に疲れはてて、息子と無理心中しようとしたらしい。

結局、失敗に終わったけどな。なあ、母ちゃん。なんで俺を置いて逃げたんだ？」

「ごめんなさい、ごめんなさい」

「なんでって訊いてんだ」

「……あのときは恐怖で頭がいっぱいで……許してください」

「息子が足手まといになると思ったんじゃねえのか」

「違う、違うよ！　あんたのことはかわいかったよ！　本当だ！」

「じゃあ、俺まで巻き添えにしようとした理由は？」

「そんなの、残していくのはかわいそうだったからに決まってるじゃないか！」

スプーンを差し出したときの母の顔が、急にはっきりと浮かび上がってきた。笑っていない口元。その目は、伸明を見てはいなかった。そこまで彼女は追いつめられていた。子どもを殺そうとしているのに、せめて甘くておいしいものを食べさせてやろうという見当違いの優しさが、彼女がどん詰まりの地獄にいたことの証拠だ。

話しているうちに、母親のなかにも当時の気持ちが強くよみがえってきたようだった。

「あのとき、死にぞこなってしまってごめんよ。ちゃんと死んでおけば、こんなふうにみじめに生き延びることなく、あんたに寂しい思いもさせずにすんだんだ。本当にごめんなさい……」

謝りつづける母親の姿を見て、不思議な気持ちになった。彼女はたぶん、伸明が聞きたかったとおりの言葉を告げている。かわいそうだったから。かわいかったから。責任逃れの嘘だとは思わない。彼女の言っていることは真実だ。にもかかわらず、期待していたのとは逆の感情が、伸明のなかに沸き立っている。怒りと、そして悲しみ。

こんなはずじゃなかった。母親に会いたいと願ったのは——。

奈々の姿が浮かんだ。裸体で、穏やかな笑みを浮かべた彼女は、伸明を包みこむように大きく腕を広げている。

「ありがとう」

母にではなく、スガとカトウに対して言った。

「会ってよかった。本当に。捜し出してくれて感謝してるよ」

「これで満足なの？」

「満足かどうかはわからねえけど、踏ん切りはついたよ。背中を押してもらった」

カトウが開けているドアの外には、晴れた空が広がっていた。床に突っ伏した洋子への関心が急速に薄れ、空へ散っていく。一点の曇りもない青空を、はじめて気持ちがいいと感じた。

酔った伸明が階段から転落死してから、二か月がたった。

その日、スガは都内のホームセンターで新しいフライパンを探していた。いままで使っていたもののテフロンが剝げてしまったので、鉄のものに切り替えようと思ったのだ。

「ねえ」振り返ると、髪をツートンカラーに染めた若い女が立っていた。彼女もフライパンを探しているのかと思い、体を半分どかしたところで、「ノブちゃんの知り合いでしょ」と言われた。

あらためて彼女を見る。伸明の妻、奈々だった。

「ノブちゃんが死ぬちょっと前に、店に来てたよね？」

親しみなどまるで感じられない、硬質な口調だ。

出入りするところを見られていたとは思わず、らしくもなく動揺した。奈々は無言のスガを見つめて続ける。

「あんた、森田のところのやつ？」

「違うよ」

即答すると、奈々は鼻を鳴らした。

「へえ、森田のことは知ってるんだね」

そのとおり。語るに落ちるとはこのことだった。

奈々が飯をおごれと言ってきたので、しぶしぶ近くの格安ファミレスに連れて行った。奈々がメニューを見ているあいだに、元依頼人の関係者に詰め寄られるという前代未聞の事態をどう処理すべきか考え、会社には黙っていればいい、という結論に落ち着く。

奈々はチキンとワインを交互に頬張りつつ、スガの素性を問いつめた。最初こそ墓穴を掘ったが、いったん体勢を立て直せば、あしらいは簡単だ。森田とは別の闇金の関係者で融資の勧誘をしていたのだと説明すると、奈々はあっさり納得した。むき出しの敵対心も消え失せる。どうやら、森田を通じて伸明の死に関与した疑いを持たれていたようだ。森田を抜きにすれば、それは当たっている。伸明の呼吸が止まる瞬間まで、スガは見守っていたのだから。

伸明の死後、保険金で借金を清算した奈々は、夜の仕事をしながらひとり暮らしをしているそうだ。

子どもは、と問うと、森田に預けたという想像の斜め上の答えが返ってきた。

「森田、あたしのことは嫌ってたけど、ノブちゃんのことは好きだったからね。責任感じてかわいがるんじゃないかな。いまのあたしが育てるより、ぜんぜんいいと思う」

調査段階で、ふたりの子どもたちについても調べてあった。長男と次男。長男の顔は、伸明ではなく森田に酷似していた。

チキンとワインを腹に収めた奈々は、カクテルと生ハムとドリアを追加注文した。人間バキュームカーとでも言うべきすさまじい勢いだ。

それらも平らげ、口の端についた米粒をぺろりと舐めとったところで、奈々は世間話のような軽い口調で言った。

「ノブちゃんさ、本当は心中するつもりだったと思うんだよね」

スガはティラミスをすくっている最中だったので、上目遣いに奈々を見た。

気づいていたとは、さすがは妻と言うべきか。

もしかして、とスガが思ったのは、伸明がモツ煮のレシピを教えると言いだしたときだ。墓場まで持っていってもしょうがない、と彼は言っていたが、妻子に遺してやることはできたはずだ。それができないのは、妻も子も死んでしまう予定だから。過去に心中を図った母親に会いたがったのも、彼女の言葉に背中を押してほしかったからではないか。

しかし実際に母親に会って、伸明は考えを変えた。

ココアパウダーを舌先で溶かし、「よかったんじゃないの」と返す。

「どうだろ」

少し間をおいて、抑揚のない声でつぶやいた彼女の顔には、奇妙な既視感があった。よく知っている気がするが、どこで見たのだっけ。

「峰岸さん、奈々さんのこと、優しくていい女って言ってたよ」

ははは、と奈々は乾いた笑いを漏らす。

「そんなこと言ってくれるの、ノブちゃんだけだわ。ていうか、ノブちゃんの前でだけ、あたしは優しくていい女になれたんだな。たぶん、ものすごく似てたから」

「奈々さん、顔いかつくないじゃん」

あえてずれた返事をすると、奈々はまた笑った。

「……連れてってほしかったよ」

奈々のニットの袖口から、手首に走るいくつもの赤い線が見えた。

スガは気づいた。奈々の顔に再び浮かんだこの表情。見覚えがあるはずだった。毎日、鏡のなかにいる。姉を失ってからの、スガそのものだ。

急に吐き気がこみ上げた。

口を押さえたスガを見て、奈々がけげんな顔になる。

ちょっとごめん、と早口で告げ、男子トイレに駆けこんだ。食べたばかりのティラミスを洗面台に吐き出す。顔を上げて、鏡のなかの自分を見つめる。

「……ひでー面」

鼓動が速い。息が荒い。はじめて〈さんず〉の仕事をしたときもこんなふうにはならなかったのに。

背後でドアが開く音がした。奈々はためらいなく男子トイレに入ってくると、スガの背中に手を当てて上下にさすった。スガはもういちど吐き、ペーパータオルで口を拭った。

「ティラミスの粉でむせたの？」

どうだろ、と答え、スガは奈々のほうを向いた。

「峰岸さんのモツ煮のレシピ、教えてもらったんだ。食べたくなったら作ってあげる」

奈々は目をみはり、それから細い眉を寄せた。

「最悪のナンパだね」

「たしかに。ねえ、スマホ貸して」

言葉とは裏腹に、奈々は拒まなかった。渡されたスマホに、スガは自分の名前と番号を登録した。

画面を見た奈々がさらに眉を寄せる。

「これ、なんて読むの？　えんじょうふとし？」

「円城太《まどかじょうた》。おれの名前」

城太、と呼ぶ懐かしい声が聞こえた気がした。

第五話　声

男が椅子に座っている。上半身裸で手足を拘束され、猿ぐつわをかまされて。彼は泣きながら懇願している。うーうーうー。

しかしナイフは容赦なく男を襲う。体じゅうの皮膚を勢いよく突き破った刃が、ゆっくりと肉に沈んでいく。濡れた音とくぐもった悲鳴。内側のあざやかな赤。血が噴き出し、全身のあちこちの部位がばらばらにびくんびくんと跳ねる。

流れ出す命。消えゆく未来。醜く美しい終わり。死。

女はそれをうっとりと眺め、思う。

ああ、なんて――。

＊

抗うという言葉を忘れたのは、いつだったのだろう。

自分はいじめられているのだと気がついた小学生の日か。いじめに耐えかねて転校したいと両親に打ち明けたら、おまえがそんなだからいじめられるんだと叱られた中学生の日か。どんなに侮られ見下され嘲笑されてもいじめられるよりはましだと、それらの仕打ちにいじめという名を与えずに、クラスの最底辺でひたすら息を殺していた高校生の日か。

高校二年生のとき、遠方の地方都市へ引っ越した。太平洋側から日本海側へ移って海の色は変わったが、佳織《かおり》を取り巻く環境は変わらなかった。佳織のスタンスも変わらなかった。

友達もいないまま残り一年ちょっとの高校生活を消化し、親の言いつけどおりに県内の大学を受験した。国公立に落ちて、浪人は許されなかったので、滑り止めだった私立大学に入った。そして気がつけば、親の知り合いのコネで地元の私立中学の教員になっていた。気がつけば、なんておかしな言い方だと思う。だがその言葉がしっくりくるくらい、そこに佳織自身の意思はなかった。

ずっとそうやって生きてきた。

だから就職してすぐの飲み会で国枝《くにえだ》に話しかけられたときも、けっして浮かれたりはしなかった。むしろ地味で陰気な女を酒の肴《さかな》として笑いものにする気に違いないと、覚悟して身構えた。

国枝は同じ二年生を担当する理科の教員で、佳織とは正反対に、どんな集団にいても中心に置かれるタイプだ。たとえるなら、アメリカのハイスクールドラマに出てくるアメフト部のキャプテン。三十代前半だが若々しく、背が高くて胸板が厚い。性別や年齢を問わずだれからも好かれ、生徒に人気があり、保護者からの信頼も厚い。

そんな国枝がわざわざ佳織に話しかけるとしたら、端っこの席で人のグラスの空き具合ばかり気にしている新任を気遣ってくれたか、からかってやろうという魂胆か、どちらかだろう。まず悪いほうに考えてしまったのは、それまでの経験ゆえだ。

昔からよく言われた。は、必ずと言っていいほど薄笑いが浮かんでいた。それは嘲笑の場合もあれば、場を白けさせることへのいらだちを表している場合もあった。

「真野《まの》先生って彼氏いるの？」

会話はそんな質問から始まった。それを無神経だとかセクハラだとか考える感覚は当時の佳織にはなかったし、あったとしても上手にかわしたり撃退したりすることはできなかったと思う。正直にいませんと答えた佳織に、国枝は朗らかな笑顔で、いままで何人とつきあったのかとか、どういう男性が好みなのかとか、しまいには処女なのかとまで尋ねた。ねばっこい口調ではなく、からりと開けっぴろげな口調だったせいか、同席していた同僚はだれも止めなかった。以前、下ネタで笑えないやつってうざい、と言われたことがあったので、佳織も無理に笑顔を作った。

まさか飲み会の途中で国枝にレイプされるなんて、夢にも思っていなかった。居酒屋の男女共用トイレに行ったら、閉めようとしたドアをこじ開けて国枝が押し入ってきて、あっという間にそういうことになった。口を押さえられて脅されたのは覚えているが、詳細は頭に靄がかかったようにはっきりしない。ただ、とてもつらかったという思いは心に強く刻まれていて、ときどきふいによみがえっては佳織を苦しめる。

佳織が席に戻ったとき、国枝の姿はなかった。妻が妊娠中なので早めに帰ったとのことで、そんな彼を女性陣がひとしきり褒めそやした。自分がどんな顔をしてそれを聞いたのかはわからないが、指摘されるほど不自然ではなかったのだろう。それとも、だれも佳織の表情など見ていなかったのか。思えば学生時代、いじめられているのかと佳織に訊いた教師はいなかった。佳織の評価は常に、真面目でおとなしい子だった。

佳織は新任として最後まで酒席に残った。

飲み会は金曜だったので、週明けに出勤すると、国枝は何事もなかったかのような笑顔でおはようございますと言った。あまりに自然で、自分がしたことを忘れているのかと思ったくらいだ。

国枝は仕事の話をする態で顔を寄せてきて、佳織が反射的に身を引くと、大げさなと言わんばかりに鼻で笑った。そしてさらに顔を近づけてささやいた。

「あのことは秘密だぞ、お互いのために」

耳を疑った。お互いのためも何も、国枝は加害者、佳織は被害者だ。表沙汰になったら困るのは国枝ではないか。

佳織の心を読んだように国枝は肩をすくめた。

「抵抗しなかったろ」

「わたしはやめてくださいって……」

言ったはずだ。そう、たしかに。口を塞がれていたせいで明瞭な発音はできなかったが、声をあげたし、逃れようと暴れもした。店内があれほど騒がしくなければ、だれかが気づいて助けてくれただろう。

「でも最後までは抵抗しなかった。つまり途中からそっちもヤりたくなったんだろ」

「え……?」

「着任早々、既婚の同僚とヤっちゃうのはまずいぞ。しかも俺はだいぶ酔ってて、まともな判断ができる状態じゃなかったわけだし」

この人はなにを言ってるんだろう。だからわたしが悪いと？

耳に国枝の息がかかった。あのときひどく酒臭かった息は、さわやかなミントの香りになっていた。

急激に体の力が抜けていった。ここは因循《いんじゅん》な田舎町で、彼には人望と信用がある。わたしなんかがなにを言ったって、どうにもならない。こういう強い人たちには敵《かな》わない。だってずっとそうだったじゃないか。レイプされたときもこうだったのかもしれない。国枝が言うように、途中であきらめたのかもしれない。ならやっぱり、わたしが悪いのかも。わたしがこんなだからいじめられるんだ。おとなしく我慢しておこう。

経験により染みついた考え方が、このときも佳織を支配した。佳織が黙りこむと、ミントの息が離れていった。そう、我慢していれば、嫌なことはそのうち終わる。無駄な抵抗などしないほうが、傷は浅くすむ。

それ以来、国枝は佳織の体を自由に使った。はじめてラブホテルに誘われたときは驚いて拒否したが、居酒屋での件をばらすと脅され、佳織のほうが脅される立場になっているいかさまに気づかず、結局は従った。次からはいちいち拒否もしなかった。

ホテルへ行く金と手間を惜しみ、国枝の言い方を借りれば「人目につかないところでちゃっちゃとすませる」場合のほうが多かったが、黙って応じた。避妊をしてくれるだけでもありがたいと思っていた。

半年ほどたったころ、いつものように呼び出されてホテルへ行くと、国枝と一緒に知らない男がいた。国枝の友人だった。ふたり組の男に対して、抵抗なんてできるわけがない。さらに友人の数は増えていき、佳織は彼らの共用になった。動画も撮影されたが、どういう用途で使われているのか知らないし、知りたくもない。

そのままずるずると二年近くがたった。

もしもこのことが世間に知られれば、もちろん国枝たちは非難されるだろうが、佳織の態度をいぶかる声も少なからずあがるだろう。なぜ警察に駆けこまなかったのか。なぜ退職しなかったのか。大人なのだから、本当に嫌ならなんらかの対処をするはずだと。

そういう選択肢がまったく頭に浮かばなかったわけではない。泣き寝入りせず勇気を出して立ち向かう人たちがいることも知っている。だが佳織にとっては現実的とは思えなかった。主張する自分が想像できない。

なにより学校をやめたくなかった。事実が知られれば、たとえ佳織が被害者であろうとも、学校にはいられなくなる。それが社会というものだ。能力も魅力もない自分に再就職は難しいし、いまと同様の待遇を求めるのは絶対に無理だ。今度は新卒ですらないし、コネも使えない。仕事がなければ野垂れ死にだ。

それが嫌なら、我慢するしかない。あんなの、長い人生においてはほんの一瞬のことだ。ちょっと目をつぶっていればやり過ごせる。これまでだって、そうやっていろんなことを我慢してきたのだ。

しかし、変化は勝手に訪れた。これまでの二十五年の人生で常にそうだったように、佳織がなんらアクションを起こさないでいるうちに、他人の意思によって。

その日の朝、いつものように教室に入った佳織は、なにかへんだとすぐに察知した。いじめられてきたせいで、場の空気には敏感になっている。嫌な予感。体のほうが先に反応し、胃がぎゅっと硬くなった。

教員三年目の今年、佳織は二年一組の担任を務めている。いわゆる底辺校だ。かつて佳織をいじめていたようなノリのいいタイプの生徒がカーストの上位にいて、教師のことなど頭からばかにしている。就任した最初のころ、佳織は萎縮しており、ただ持ち前の真面目さと責任感で与えられた仕事を不足なくこなすことにのみ専念していた。

だが、否《いや》でも応《おう》でも受け持ちの生徒と関わらざるをえなくなって、発見したことがふたつある。ひとつは、たとえ子どもであっても、人間の集団やその集団のなかで上に立つタイプの人間が、自分は怖いのだということ。もうひとつは、それでも自分が子どもだったときのようには怖くないということ。どの生徒にもいいところと悪いところがあり、強いところと弱いところがある。

その発見で、仕事に対する姿勢が少し変わった。生徒にまっすぐ向き合ってみようと決め、試行錯誤を繰り返しているうちに、いつしか教師という職にやりがいを見出していた。幸い二年一組の生徒たちは、佳織を尊敬してはいないものの、「真野ちゃん」とか「真野っち」とか呼んで友好的に接してくれている。

ところが、今朝は違った。教室内に散らばった生徒たちは、佳織が登場すると、いつもなら「だるーい、真野ちゃん、帰っていいー？」などと言いながら着席する。しかし今日は、それまで教室内に満ちていたざわめきが、ぴたっと止まった。視線が佳織に集中し、そのあとでざわめきが戻ったものの、佳織に声をかける者はいない。それどころか何人かで顔を寄せ合ってひそひそと言葉をかわし、スマホを手に、ちらちらと佳織のほうを見ては忍び笑いを漏らしている。

あまりにもなじみのある状況だった。一瞬で喉がからからになり、教壇に向かおうとした足がすくむ。

「真野ちゃん、これってマジ?」

目の前にいた男子生徒が話しかけてきたが、その声には意地の悪い響きがあった。

スマホの画面をこちらに向けている。

それを目にした瞬間、息が止まった。心臓を力任せにつかまれたようだった。

表示された写真に写っているのは、佳織だ。婦人科の病院から出てくるところを盗撮したものだった。

「昨日の夜、クラスのグループLINEに投稿されたんだよね。『性病』『ヤリマン』『ビッチ教師』って書かれてたけど、そこんとこどうなんすか?」

声が出なかった。佳織が性感染症に罹患《りかん》し、治療に通っているのは事実だ。

「なあ、そうなんだろ、寺井《てらい》」

佳織に注がれていた視線が、ひとつの席へと移動した。佳織もほとんど反射的に、そこに着席している女子生徒を見た。

寺井乃愛《のあ》。まさか彼女がこんな写真を?

寺井は学校で孤立している。いじめられているというほどではないが、友達らしい友達がいないようで、いつ見てもひとりきりでいる。教室では机に突っ伏しているか、つまらなそうな顔でスマホをいじっているかただ。気が強くて協調性に乏しい性格が災いしているのだろう。

佳織は特に寺井を気にかけていた。もしも人知れず苦しんでいるのだとしたら、力になりたい。SOSのサインがあれば見逃すまいと思っていた。状況も性格も違うけれど、学生時代の自分は、だれかに「だいじょうぶ?」と訊いてほしかったから。

「つらいことや相談したいことがあったら電話して」と、自分の電話番号を記したメモも渡してあった。生徒と個人的に連絡を取り合うことは禁止されているが、学校の枠のなかではきっとなにも打ち明けてくれない。寺井は「いらねーよ」とうっとうしげに顔をしかめたものの、受け取ることを拒みはしなかったし、求めに応じて自分の電話番号も教えてくれた。

頼りにされているとは言えなくても、孤独を知る者どうし、どこか通じ合うものがあると思っていた。少なくともこちらの気持ちは伝わっていて、ほかの教師や生徒たちに対してよりは心を許してくれているのではないかと。

机に肘をついてスマホをいじっていた寺井は、クラスメートの男子の言葉を無視した。ただちらりと視線を上げて佳織を見た、その攻撃的な目つきでわかった。写真を投稿したのは、たしかに彼女なのだと。孤立していてもクラスのグループLINEには入っていたのか。そしてふだんは話もしないクラスメートたちに向かって、佳織のことをこんなふうに——。

学生時代に浴びせられた数々の汚い言葉が、突然わっと耳元に押し寄せてきた。無理やり飲まされたトイレの水の味が、頭からかけられた生ごみのぬめりが、よみがえった。男たちの指の感触や舌が立てる音、精液のにおいまで。汚いもの全部。佳織という存在を損なうもの全部。

佳織は口を覆って教室を飛び出した。生徒たちの興奮した声が背後に聞こえた。マジだったんだ！

職員用のトイレまで行く余裕はなかったので、生徒用のトイレに駆けこんで嘔吐《おうと》した。朝食のコーヒーか、黒い液体を体がからっぽになるまで吐いた。最後は胃液ばかりになり、口の端から粘った糸が垂れる。

涙と鼻水にまみれてむせながら、思い出していたのは、少し前に寺井乃愛と国枝が話をしていた場面だった。距離があったので内容は聞こえなかったが、寺井は教室では見せたことのない顔をして、大きな目いっぱいに国枝の笑顔を映していた。生徒ではない、女の顔だと佳織は感じ、寺井は国枝に幼い恋心を抱いているのだと察した。それでなおさら寺井が心配になったところもある。

寺井はおそらく、佳織と国枝が一緒にいるところでも目撃して、そのあいだにある淫靡《いんび》な秘密のにおいを嗅ぎつけたのだろう。ふたりの関係を誤解して、佳織への嫉妬を募らせた。そうでもなければ、あの攻撃的な目つきに説明がつかない。彼女は明らかに佳織を敵と見なしていた。

「なんで……」

無意識につぶやき、またむせる。

無能ではあったかもしれないが、佳織はたしかに寺井のことを想っていた。なのに寺井は、よりによって国枝なんかに好意を抱き、そのために佳織を貶《おとし》めた。佳織よりも国枝を選んだのだ。

「なんで、なんでよ……」

佳織は学校を早退した。そして倒れこむようにして自宅マンションに帰り着くやいなや、ペン立てからカッターを取り出し、自分の手首に刃を当ててひと息に引いた。皮膚がうっすらと切れる。ぷつっと小さな血の玉が生まれる。こんなんじゃだめだ。これじゃとても死ねない。もっと深く。

もう一度、今度はさらに力を入れて刃を滑らせる。血がじわりと流れ出し、点々と床に落ちるが、まだ足りない。もっともっと深く。今度は手首を切り落とすほどに力をこめたつもりだった。しかしあふれ出す血の量と勢いは多少増したものの、命を体外へ押し流すにはまるで足りなかった。

「痛い……痛い……痛いぃぃぃ」

涙がどっとあふれ出す。血よりもずっとたくさん。

涙と鼻水とよだれと血で汚れた床に身を投げ出し、ごろごろと転がった。頭を抱え、かきむしり、毛髪を引きちぎった。

もう嫌だ。寺井の一件をきっかけに、自分のなかでなにかが崩壊した。今日まで我慢して、我慢して、我慢して、それでどうなった? 残ったものは、命だけだ。ただ生きているというだけの、おもしろくもおかしくもない人生。なにをやっても報われず、人に踏みつけられるだけの人生。

「痛いぃぃぃ、痛いよぉぉぉ、死にたいぃぃぃぃぃ」

床に仰向《あおむ》けになり、声をあげて泣いた。気がつけば手首の血は止まり、汚い錆《さび》のように皮膚にこびりついていた。

梅雨も終わりに近づいて、ときどきひどく蒸すようになったワンルームの部屋で、佳織はもう何日も床に足を投げ出してじっとしている。正確に何日かはわからないが、昨日も今日もその前もその前も、家から一歩も出ていないのはたしかだ。おそらく平日だが出勤はしていない。早退した翌日からずっと。食事もとっていないし、体も洗っていない。最後に眠ったのはいつだろう。

意識が朦朧《もうろう》としている。本当はもう死んでいるんじゃないか、そうだったらいいのにと思って、のろのろと手首を見る。錆びた赤い線が何本か走っているが、目指す深さに到達したものはない。

毛髪が散乱する床に手を這わせ、カッターを捜し当てた。べたつく柄をつかみ、勢いよく手首を切る。痛い。痛いような気がする。すっかり慣れてしまったせいか、感覚が鈍くなってよくわからない。血が出る。でも死ぬほどじゃない。

「なんでぇ……」

もう何度、同じことを繰り返しているか。死にたいのに、死のうとしているのに、うまくいかない。三階の窓から飛び降りようとしたときも、強い風に押し戻されるように室内へ戻ってしまった。常備してある睡眠薬を大量に飲もうとしたが、気持ち悪くなって吐いてしまった。

みじめだった。自分は死ぬことすらできずに、ずるずると生きながらえている。いっそだれかが殺してくれたらいいのに。

そう思ったとき、玄関のドアに備えつけられた郵便受けが音を立てた。佳織は跳ねるように震えて耳を覆ったが、その後はなにも聞こえなかった。

郵便物を確認したかったわけではない。ただなんとなくじっとしていることが怖いように感じられて、佳織は放り出してあった眼鏡をかけ、よろよろと立ちあがった。脂じみた髪が顔に落ちかかり、すっかり萎えてしまった足の関節がきしむ。

玄関へ行ってそっと郵便受けを開くと、投函されていたのはガス料金の領収証だった。水道のもある。口座から引き落とされる形式なので、このまま佳織が孤独死したとしても、数か月は発見されないかもしれない。さすがにその前に職場からだれかに──たとえば親に、連絡がいくだろうか。

学校のことを考えたとたん吐き気がこみ上げ、口元に手をやった拍子に、持っていた郵便物を落とした。吐き気をこらえきり、靴脱ぎに散らばったそれらを拾おうと手を伸ばす。

そして気づいた。ガスの領収証と水道の領収証のほかに、もう一枚、見慣れない紙が落ちていることに。

これも郵便受けに入っていたらしい。名刺大の白い紙だ。拾ってみると、厚さもちょうど名刺くらいで、カードと表現したほうがふさわしい。片面に二次元コードのみが記載され、もう片面にはなにもない。どうせチラシだろう。あえて企業名や商品名を書かないことで好奇心を刺激する手法なのか。

　領収証を回収し、カードはごみ箱に捨てた。しかしそれから何時間かがたって、またまごみ箱が目に入ったとき、なぜかカードに興味を引かれた。チラシはたいてい一階にあるマンションの集合ポストに放りこまれているのに、これはわざわざ三階のこの部屋に投函されたのだ。

　あやしげな二次元コードを読みこんでみようかなんて、かつての佳織ならちらとも考えないことだが、いまとなってはなにも警戒する必要などない。ごみ箱からカードを取り出し、部屋を見回した。スマホは床の隅に転がっていた。無断欠勤した初日に学校から電話がかかってきて、それは無視したが、次の着信で画面に国枝の名が表示されたのを見て、発作的にスマホを壁に向かって投げつけたのだ。

　画面は割れていたが、充電器につないでみると電源は入った。機能が生きているのを確認し、ためらいが生じる前にさっそく二次元コードを読みこむ。表示されたＵＲＬに間を置かずアクセスすると、企業の公式サイトらしきページにつながった。

有限会社さんず　――　Suicide Support Service　――

suicide——自殺。頭のなかで変換されたとたん、鼓動が大きく跳ねた。自殺、サポートサービス。社名の下に『死にきれないあなたのお手伝いをいたします』という一文が添えられている。

まさかと思った。自殺の手伝いをする会社なんてあるわけがない。なのに目は画面に吸いついて離れず、表示された文章を次へ次へと追っていく。企業理念に業務内容。体裁だけ見れば、まるでふつうの企業のようだ。

これはわたしのためのサービスだ。佳織がそう確信するのに時間はかからなかった。手首の傷を意識する。死にたいと心から願っているのに、死ねない。恐怖なのか未練なのか、自覚のないなんらかの感情がカッターを握る手を押し留め、致命傷を与えさせない。

そんな自分が嫌でたまらなかった。生きる理由も希望もないのに、ただ本能だけで生に執着している。最期くらいきれいに、自分の意志で終えたいのに。

考えてはだめだ。嫌いな自分に邪魔される前にと、ひと息に〈よりそいプラン〉の申し込みボタンをタップした。このプランでは依頼人が望みどおりに自殺できるようお膳立てをするだけで、自殺の物理的な手助けをしてくれるわけではない。最後は自分でやるというところがよくて、こちらを選んだ。表示された申し込みフォームへの入力をすませて送信する。

サイトの説明によると、依頼人には二人一組の担当者がつき、はじめに対面でのヒアリングを行うとのことだった。なるべく人に会いたくはないが、しかたない。日時と場所はこちらで指定していいというので、指定可能な時間のうち最も早い明日の午後二時、自宅でとした。

うまくいけば明日にも死ねるかもしれない。そう思ったら、どういうわけか体が震えはじめた。両手できつく自分を抱くと、つかんだ二の腕からぼろぼろと垢が出てきた。まるで体が垢でできているかのようで、引っかきつづけたら骨になりそうだった。


指定時間ぴったりに部屋を訪ねてきたのは、男性ふたりだった。スガと名乗ったほうは佳織より年下、カトウと名乗ったほうは国枝より年上に見える。服装も表情も対照的で、スガは気楽な学生のようだし、カトウは堅物の刑事のようだ。

どうせ死ぬのだから警戒など必要ないと思っていたが、いざ男性ふたりを家に上げるとなると、強い恐怖を覚えた。彼らが信用できる人間なのかどうか、こうして見ただけでは判断できない。そもそも自殺幇助を生業とする者にモラルを期待するほうがどうかしているとも言える。

靴脱ぎから動こうとしない彼らに、佳織は思いきって背を向けた。部屋の奥へ戻り、床に座りこんで膝を抱える。こうして体を丸くして目を伏せている恰好が、いまの自分にはいちばん楽だ。

「お邪魔しまーす」

スガが愛想よく言い、ふたりは部屋に上がってきた。思わず体が縮こまったが、彼らは佳織に近づこうとせず、食事にも持ち帰った仕事をするのにも使うテーブルに腰を落ち着けた。入居した際、テーブル一脚と椅子二脚のセットで購入したものだが、母が一度だけ訪ねてきたきり来客はなかったので、片方の椅子はほとんど新品だ。

カトウがテーブルに、ノートパソコンと、社のマスコットだというカッパのフィギュアを出した。依頼人の心を和ませる意図なのだろうが、いまの佳織には効果はなかった。

テーブルに放り出してあった、二次元コードが記されたカードを、スガがつまみ上げてこちらに示す。「これ、回収するね。あと、スマホを拝借」同じく佳織のスマホを軽く持ち上げてみせてから、パソコンに接続してなにやら操作した。佳織が〈さんず〉にアクセスした痕跡を消したのだという。本当なのかどうか、デジタルに弱い佳織には知りようがないし、どうでもいい。

「それじゃあ、話してくれる？」

軽い口調でスガが促した。こちらの状況は申し込みの段階で簡単に説明してあるが、このヒアリングでは詳細まできっちり補足することになる。

「話しにくければ、こっちで質問するのに答えてもらう形でもOKだよ」

佳織は小さくうなずいた。あんなこと、だれが好きこのんで話したりするだろう。だいたい考えただけでも気分が悪くなるのに、話せるとは思えない。

だからスガの提案はありがたかったが、それでも想像以上にきつかった。目を伏せたまま、うなずく、かぶりを振る、言葉ならひとことかふたこと、それがせいいっぱいだ。動悸《どうき》に襲われ、体が震えて脂汗がにじむ。呼吸がどんどん荒くなる。過呼吸の前兆だ。国枝にレイプされて以来、何度か経験があった。ゆっくりと深く呼吸をすることだけに集中し、どうにか乗りきる。かと思えば、口のなかに酸っぱい唾が湧いてきて、トイレに駆けこむ羽目になる。

そうやってしばしば中断しながら、ヒアリングはスローペースで進んでいった。カトウがキーボードを叩いているのは、受け答えで得られた新たな情報を入力しているらしい。

「それで死のうとしたけど、どうしても死ねないと。理由に心当たりはある？」

佳織は首を横に振った。おそらくはたんなる生存本能というやつだろう。だが、なにが自殺を妨げているのか、真の望みを見つけることもヒアリングの目的のひとつだと〈さんず〉のサイトには書いてあった。

「国枝や加害者たちに復讐したいとか」

佳織はまた首を振る。名前を聞いただけでも息が苦しくなるのだ、あの人たちにはいっさい関わりたくない。

「なら受け持ちのクラスの生徒、特に寺井乃愛には？」

さっきよりも時間をかけて考えたが、佳織の返答は同じだった。

「復讐じゃなくても」

首を振る。感覚的なものなので説明はできないが、死ねない理由は加害者たちには関係ない気がする。

「じゃあ、残していくのが気がかりなものがあるとか」

佳織の孤独は重々承知しているからだろう、スガは気がかりな人とは言わなかった。

「あ……」

「なにかあった？」

「関係ないかもしれないけど、思い出したことが……」

佳織はすぐにまた目を伏せ、ぼそぼそと語る。

あれは高校二年生のとき。佳織がこの地に引っ越してくる前、まだ太平洋側の都市に住んでいたときだ。

佳織の心にはもう何年も死にたいという願望が巣くっていたが、言葉にしたことはなかった。ところが、それを見抜いた人がいた。同じ予備校に通う一学年下の少女だ。高校も予備校のクラスも別だったが、地元の病院に行ったときに、向こうから話しかけてくれた。彼女は以前、佳織がこっそり予備校の屋上に侵入するのを目撃し、心配してくれていたとのことだった。

地味で野暮ったい佳織とは正反対の、かわいくて明るい子だった。目がぱっちりして、背中にかかる髪はさらさらで、制服の短いスカートから伸びる脚はすらりとしていた。佳織よりも偏差値が十くらい上の高校に通っていて、持ち物もみんなセンスがよかった。きっと学校の人気者で、男の子にもてたに違いない。

本来は苦手なタイプだった。合わないとか嫌いとかの前に、まず怖いと感じてしまう。しかし彼女は、佳織を傷つけてきた人たちとは違った。佳織のほうが勝手に引け目を感じてしまうことはあっても、彼女に見下されていると思ったことはない。

——死にたくなったら、わたしに言ってください。

彼女はいたわるような笑顔でそう言ってくれた。その言葉にどれほど救われたか。少なくともこの世にひとりは、自分のつらさを知っていてくれる人がいる。死ぬのを止めようと思ってくれる人がいる。自分が生きていることを望んでくれる人がいる。

彼女は口だけではなく、わざわざ佳織の家を訪ねてきてくれた。彼女と過ごした時間は、佳織にとって束《つか》の間《ま》の夢のようだった。

その年の冬、学校が冬休みに入るのを待たずに、佳織は父親の仕事の都合で引っ越した。急なことで彼女に会って伝えるタイミングはなく、また佳織のスマホはクラスメートによって壊されていたため、さよならも言えない別れとなった。いや、それは言い訳だ。彼女は自分の電話番号を記したメモを渡してくれていたのに、佳織は電話をかけなかった。自分の引っ越しなんてわざわざ知らされても迷惑かもしれないと考えたら、勇気が出なかったのだ。

話しておけばよかったと思う。「ありがとう」をちゃんと伝えればよかった。

その直後に彼女が死んでしまうなんて、思いもしなかった。

佳織がそれを知ったのは、引っ越してから二か月後の雪の日だった。学校から帰ると、魚市場で買ってきたカニを調理していた母が、引っ越し前に佳織が通っていた予備校の生徒が自殺したというニュースを披露した。かつてのご近所さんからのLINEで知ったそうで、自殺した子は高校一年生で、歩道橋から線路に飛び降りたのだという。

——円さんっていうめずらしい苗字の子らしいんだけど、知ってる？

その名前を聞いた娘が蒼白《そうはく》になったことに、料理中の母は気づかなかった。

「わたしの自殺願望を見抜いたあの子……円小姫《さき》ちゃんに間違いありませんでした。わたしの死を止めようとしてくれていた小姫ちゃんが、みずから命を絶ってしまったんです」

信じられなかった。なにかの間違いに決まっていると思った。だが母親に根掘り葉掘り訊けば訊くほど、それはたしかに小姫ちゃんなのだった。死にたくなったら言ってくださいと、言ってくれたのに。離ればなれになってからもずっと、その言葉を支えに生きてきたのに。

いまにして思えば、佳織が寺井乃愛を気にかけていたのも小姫の影響だったのだろう。自分の苦しみに気づいて心配してくれる人がいる、それだけで佳織は救われたから。人生に耐える力をもらったから。

「小姫ちゃんがなぜ死んでしまったのか、わたしにはわかりませんでした。いまでもわかりません。ああいう子には死ぬ理由なんかないだろうと言ってるわけじゃないんです。だれにだってつらいことはあると思います。でも、わたしの知ってる小姫ちゃんが自殺するとは、どうしても思えなくて」

ああ、そうだ。話していて見つけた。これこそが心残り。死ねない理由。

「ずっと心にひっかかってたんです。彼女が自殺した動機を、わたしは知りたい」

あの小姫が死を望んだことに納得できる理由が見つかれば、今度こそ完全にこの世に絶望できるだろう。浅ましい生への未練も消えてなくなるはずだ。

スガがなにも言わないので、佳織はおそるおそる上目で様子をうかがった。そしてはじめて、スガの様子がおかしいことに気づいた。顔色が悪く、目つきに落ち着きがない。さっきまでそんなことはなかったのに。

「……マジで、円小姫？」

奇妙な質問。声が低く、硬くなっている。

佳織が戸惑いながらも首肯すると、スガの顔が引きつるようにゆがんだ。

「偶然じゃないだろ、こんなの……」

つぶやく声はかすれて消えそうだったが、佳織は聞き逃さなかった。

「どういう意味ですか？」

答えないスガを、佳織はじっと見つめた。いままで気づかなかったけれど、彼の顔をどこかで見たことがある気がする。

「……もしかして、小姫ちゃんの弟？　双子の」

思い出した。小姫に写真を見せてもらったのだ。けっこう似てるでしょ、とうれしそうに笑っていた。

「違う」

「いえ、絶対そう。小姫ちゃんと同じ頭のいい高校に通ってて、中学時代に学校のサーバーをハッキングしてテスト問題を盗んだとかで出席停止になったことがあるんでしょう。名前はたしか、外国人みたいな……」

スガは荒々しい動作で立ちあがった。

「ほんとに迷惑だから、上に担当替えてくれるよう言うよ」

「待って！　弟なら、小姫ちゃんがなんで死んでしまったか知ってるんじゃないの？　教えてよ」

「うざいんだよ！」

怒声を浴びせられ、佳織はすくみあがった。男性に対する生々しい恐怖がよみがえり、反射的に体を抱えて壁に頭を押しつける。

「スガ!」

カトウが一喝した。佳織は強く目をつぶり、こわごわ開けてみたときには、スガはだらりと両手を垂らしてうつむいていた。ややあって、力のない乾いた声が耳に届く。

「……小姫は高校からの帰り道に、歩道橋から線路に飛び降りて死んだ。十二月十三日。マフラーを巻いてた。ばかみたいな黄色のマフラーを。おれはその場に居合わせた」

黄色のマフラー。覚えがある。ばかみたいとは佳織は思わなかった。そのあざやかな色は小姫によく似合っていた。存在そのものがくすんだような自分には絶対に似合わない色だと、ひそかに憧れたものだ。

「小姫ちゃんは、なんで死んだの?」

「知らない。わからない。興味もない。死んだ人間について詮索するなんて無意味だよ。どんな事情を聞かされても、おれなら納得しない」

「なにそれ、弟なんでしょ」

スガの言い方を、佳織はひどく冷たく感じた。佳織のような人間ならともかく、あの小姫が死んだ理由が弟にさえ理解されていないなんて、あんまりではないか。

憤りが恐怖に勝った。

「わたしの依頼は、さっき言ったとおりです。小姫ちゃんが自殺した理由を知りたい」

スガがゆらりと顔を上げた。表情が抜け落ち、目に光がない。

ひとり冷静なカトウの声が、重苦しい沈黙を破った。

「ご要望を承りました。死に方や死に場所のご希望があれば伺います」

「いえ……」

「では料金の話に移らせていただきます」

それからはカトウが事務的に話をするだけで、スガは口を開かなかった。

「カトウさん、あんまり驚いてなかったけど、小姫と関係ある依頼人だって知ってたの？」

「いや。感情を表に出さないよう訓練されてるだけだ」

ハンドルを握るカトウの声は、いつもと変わらず淡々としていた。

「だが、会社は知っていたんじゃないか。彼女がレイプ被害者であることは事前の調査で把握ずみだった。男ふたりに担当させるのは不自然だ。それに、彼女単体ではスポンサーが好みそうな案件じゃない。言っちゃ悪いが、ありふれたケースだからな」

「会社の、いや分析チームの……どっちでもいいしどっちでも同じか……思惑こみの依頼なら、おれが担当を降りるのは不可能ってことね」

「姉の死の理由を知るのが怖いのか？」

「怖いっていうか、本気で無意味だって思ってるからね。知ってもどうにもならないし、残された情報からはいくらでも恣意的な解釈ができてしまう。仮に八割、解明できたとして、残りの二割が謎のままだったら？　その二割こそが致命的な理由だったって可能性もありうる」

あの日、別のマフラーを巻いていたら彼女は死ななかったかもしれない。可能性は否定しようがない。なぜ、どうして、は完璧には埋められない。

「おまえがうちの会社に入った経緯《いきさつ》をちゃんと聞いたことはなかったな。話せ」

「気が進まないけど、しかたないね」

助手席側のドリンクホルダーに突っこんだサンチャンの、つぶらな瞳を一瞥した。サンチャンは依頼人だけを記録しているのではない。依頼達成までの経緯をすべて記録している。エージェントも素材なのだ。だったらいっそ、撮りやすくしてやろうじゃないか。

生まれ育ったのは太平洋が見える田舎町。双子の小姫と城太は、物心がつくころには、高齢の祖父母とともに暮らしていた。祖父は働いてはいなかったが、目に見えない形の収入源がいくつかあって、金銭的な不自由はしなかった。

祖父母は庭の手入れを除いて、家事にまったく興味がなかった。そのため、小学校高学年くらいから小姫が掃除洗濯、城太が料理を担当するようになった。変わった環境だったが、不満は感じていなかった。家は広いし、パソコンやそのパーツも欲しいだけ買ってくれたし、年に二回は旅行にも行った。

生活に変化が訪れたのは、中学一年生のとき、祖母が腰を痛めてからだ。頭はしっかりしていたが、足がすっかり弱ってしまい、ほどなくベッド生活になった。要介護認定を受けてヘルパーが派遣されてはきたものの、きょうだいの負担は増えた。

正直、城太はげんなりしたが、小姫は精力的に祖母の世話をした。生き生きしていたと言ってもいい。

そしていくらもたたないうちに、今度は祖父が病に倒れた。こちらは数か月のうちに亡くなってしまうのだが、その間、やはり小姫は細々《こまごま》と祖父に尽くした。城太は姉の手が回らなくなった家事を引き受けた。

中間テストの勉強をする時間がもったいなくなり、テスト問題を盗み見るために学校のサーバーに侵入したところ、バレて出席停止になったのはこのころだ。小姫は大笑いして、この才能はむしろ内申書にプラスの方向で書かれるべきものだよ、と本気なのか冗談なのかわからないことを言った。出席停止にドン引きして、別れを申し入れてきたカノジョとは大違いだった。

内申書がどうだったにせよ、ふたりはそろって同じ高校に進学した。登校も下校もいつも一緒。カップルのように互いの体に腕を回す。周囲からは気持ち悪《わり》ぃ、と悪意なくからかわれたが、まったく気にならなかった。

「念のため言っておくけど、近親相姦《そうかん》的なやつはなかったよ。地球最後のオスとメスになってたら、まあわかんないけど」

「学校でなにか自死の原因になりそうなトラブルはなかったのか?」

「おれの元カノに『ドブスが調子に乗んないでね』ってLINEしたのは知ってる。すごい嫌いだったみたい」

きれいで、頭がよくて、祖父母に献身的で、弟には愛情深くて、友達には親切で、敵対者には冷酷で、適度にモラルに欠けていて。ある意味、小姫は完璧だった。集団のなかで敵を作るタイプではなく、敵に回したら厄介なタイプ。

「真野佳織が語った像とはずいぶん違うな」

「外面《そとづら》がめちゃくちゃよかったからね。悪いことしても、絶対に隠し通したよ。ジジの財布からたまに金抜いてたけど、ジジはおれがやったと思ってた」

ごめんね、と後ろから抱きつかれたら、それで許せた。

小姫は座っている弟の後ろに回り、マフラーのように首に腕を回す癖があった。小姫の冷たい指先の感覚を思い出し、スガはあのころより硬くなった首をなぞった。

「真野佳織との交流をおまえは知ってたのか？」

「聞いたのかもしれないけど覚えてない。でも、何回も話題に上ったってことはないはずだよ。というか、もし聞いてたら印象に残ってると思うんだけど。真野さんは小姫の友達としてはかなり意外なタイプだったから」

しかも小姫のほうから声をかけたという。

「外面がよかったなら、ありえそうじゃないか。地味でいかにもいじめられていそうな女に優しくしてやる。よくある偽善だろ」

「そう言われればそうなんだけど」

真野佳織という女が小姫の友達コレクションに並んでいるところが、どうもぴんと来ないのだ。とはいえ、小姫のすべてを知っていたなどとは思っていない。

祖母に付き添って小姫が病院に行った日があった。帰宅した小姫は浮かれているように見え、「なにかいいことあった？」と尋ねたのを覚えている。

——これからあるんだよ。たぶん近いうちに。

それが小姫の答えだったが、なんのことを言っていたのかはわからずじまいだった。

あの会話が、佳織との交流を指していたのかもしれない。

「小姫が死んだのは、真野佳織が引っ越した直後だったな」

カトウがなにを言わんとしているのかはわかる。小姫の自殺の動機に、佳織が関わっていた可能性。

「真野との関係について、小姫の遺品からわかることはないのか？」

「小姫のスマホは、飛び降りたときに完全にオシャカになった。ずいぶん前のことだし、携帯電話会社にも履歴は残ってないはずだよ。日記にもそれらしい記述はなかった」

「自死の理由に興味はないと言いながら、日記は読んだんだな」

「そうだよ。その結果として、いまの持論があんの」

小姫の友人たちにも話を聞いて回った。なんであの子が。大勢いた友達も教師も近所の人たちも言った。同時にたくさんの憶測がなされた。進路に悩んでいたのかも。友人関係のトラブルでは？　もてすぎたから恋愛がらみじゃないか。家庭環境が特殊だったから。

気づけば、スガ以外の人たちのほうが、動機の特定に必死になっているようだった。しかし彼らが話す内容はどれもしっくりこなくて、スガはしだいに彼らといることが苦痛になった。

スガは家に引きこもり、睡眠薬と安定剤を服用するようになった。見かねた親戚の女性が訪ねてきて、祖母を遠方の施設に入居させると言った。祖母は去り、その際にいくつかの通帳と印鑑を持って行かれたが、当時のスガはどうでもよくなっていた。

薬で曖昧になった頭でネット漬けになっていたところ、クラスメートのひとりから、稼げる話があるから上京しないかと誘われた。考えずにその場でうなずき、友人とともに振り込め詐欺に手を染めた。不正アクセスを装うページを作るだけの簡単なPC作業で、不相応な額の収入が得られたが、金が目的ではなく、たんに地元から離れたかっただけなのだといまでは思う。

「そのグループで三年くらい仕事してたんだけど、ガサ入れがあって、逃げる途中でサクマさんに声をかけられたんだ」

狭い路地に立っていた、みごとな白髪の老婦人。サクマはスガやカトウと同じく〈さんず〉のエージェントのひとりだ。よく知らないが他のエージェントたちよりも中枢に近い立場らしく、スガたちとは担当する案件の性質が異なり、最近では中貫紘子のケースを受け持った。エージェントの勧誘も彼女の仕事のひとつだ。あのとき、どう考えても立ち止まるべきではなかったし、非現実的な状況だった。だが、そもそも当時のスガには、あらゆるできごとが現実とは思えなかった。小姫を失って以来、色も味もにおいも痛みも、なにもかもがぼやけていた。

サクマに導かれるままに、スガは〈さんず〉に加入した。詐欺犯から人殺しへ。落ちるところまで落ちた。

「住んでいた家はどうなってる?」

「わかんない。一度も戻ってないいんだ」

「どうなっているにせよ、現場での調査が必要だな」

カトウがワイパーの速度を上げた。雨が降っていたことに、スガははじめて気がついた。

夢を見た。

高校からの帰り道。ふたりで並んで歩く、いつもの風景。ひとつのイヤホンを分け合って同じ音楽を聞きながら、たわいもない話をしていたとき、小姫がふいに立ち止まった。一軒の民家の前だ。表札が外され、空き家になっている。小姫は食い入るように無人の家屋を見つめ、ぽつりとつぶやいた。

「……マジか」

どうしたの、と声をかけると、我に返ったように振り返った。

「猫がいたと思ったのに、一瞬でいなくなっちゃった」

「コンビニでエサ買って待ってみる？」

「そこまでするほどじゃないよ」

「そう言わずに」

夢のなかのスガはひどく固執している。夢を見ているスガには、その理由が理解できる。いまから十分後に、小姫は歩道橋から飛び降りて死んでしまうから。

夢のなかでくらいそのままそこにいてくれと願うが、背景はいつの間にか変わっている。歩道橋の上。ふたりで分け合っていたイヤホンが外されている。ひるがえる黄色いマフラー。小姫の後ろ姿。

よせばいいのに、スガは歩道橋の下を覗きこむ。線路の上に、頭がつぶれた小姫が倒れている。

そこで目が覚めた。仕事用とは別にプライベートで使っているスマホの時計を確認すると、朝の三時半だった。全身にびっしょり汗をかいている。こんなふうになるのは久しぶりだ。

起きあがり、照明をつける手間を惜しんでキッチンの棚をあさる。探り当てた睡眠薬を取り出そうとしたとき、闇のなかでスマホが光った。発信者の名前が表示されている。コール音が六回繰り返されたところで、スガはスマホを手に取った。

「こんな時間にごめんね」

言葉とは裏腹に、まったく悪びれない口調だった。

「なに？」

「特に用事はないよ」

「そう」

「いまからノブちゃんのモツ煮が食べたいって言ったらどうする？」

「材料ないし、明日は仕事で遠出するんだ。明日の夜ならいいよ」

少し間が空いた。

「やっぱいいや。モツ煮はまた今度。それより、今日のお客さんの話聞いてよ……」

電話番号を教えて以来、奈々はたびたびスガに電話をかけてくる。会社に隠れて彼女と交流を持ちつづけていることが我ながら不思議だったが、奈々の語るとりとめのない話は耳に心地よく、目を閉じてしまうと歌でも聞いているようだ。

「ところで、遠出ってどこ行くの？」

「海の見える町」

はじめて故郷に帰る。新しい事実などどうせ出てきやしないし、出てきたところで意味などないと思っているくせに、緊張している自分が無様だった。

スガが奈々と電話で話をしていたころ、佳織もまた電話を受けていた。先日〈さんず〉のふたりが使ったテーブルの上でスマホが鳴っている。

〈さんず〉からの連絡に備えて電源を切らずにいるが、割れた画面に学校や国枝の名前が表示されるたび、また壁に叩きつけてしまいたくなる。国枝はこの部屋にも押しかけてきた。しつこくインターホンを鳴らし、ドアを叩いて「話をしよう」などと猫なで声で呼びかけてきたが、佳織は耳を塞いで恐怖に耐えた。耐えきれず衝動的に手首を切ったこともあったものの、やはり死には至らなかった。鼻水とよだれにまみれた唇で、佳織はうわごとのようにつぶやきつづけた。

ねえ小姫ちゃん。死にたくなったら言ってって言ったよね。わたしいま、死にたいよ。ずっと前から、ずっとずっと死にたいよ。

一刻も早く死んでしまわなければ、このままでは頭がおかしくなるほうが先だ。

電話をかけてきたのがカトウかスガであることを祈りながら、画面を確認する。その瞬間、喉がひくっと痙攣した。

表示された名前は、寺井乃愛。婦人科の写真をシェアして佳織を誹謗《ひぼう》した張本人だ。真心を踏みにじり、佳織にとどめを刺した相手。

寺井から電話がかかってくるのははじめてだ。たしかに番号は教えたが、あのメモは捨ててしまったに違いないと思っていた。それが、佳織が出勤しなくなってから十日以上たって、突然、しかも深夜にかけてくるなんて。

佳織はいま、遺書をしたためようとしているところだった。

感情に任せて手首を切ったときには考えが及ばなかったが、こうして〈さんず〉からの連絡を待っているうち、自分が死んだあとのことを想像するようになった。ある意味、心にゆとりができたと言えるのだろうか。佳織に加害した男たちは、当然、事実を隠蔽するだろう。生徒による写真の件もやはり隠蔽されるに違いない。佳織の自殺の動機はさまざまに憶測され、もっともらしいストーリーが捏造《ねつぞう》される。胸板も信頼も厚い国枝は、同僚の死に心を痛める演技をみごとにやってのけ、ますます評判を高める。

ばっかみたい。知らず、つぶやいていた。わたしの人生、ばっかみたい。

真実を記そうと思った。国枝たちのこと。生徒たちのこと。太平洋の見える町と日本海の見える町で、佳織をいじめた連中のことも。両親のことも書いておこう。昔の話をいつまでも、とあきれられてもかまわない。

我慢することにも、あきらめることにも、慣れていたはずだった。心を極限まで鈍くして、これからもそうやって生きていくのだと受け入れていた。だが自殺幇助業者に依頼して受理されたときから、自分のなかでなにかが変わったようだ。おまえの置かれた状況は最低だ、地獄だ、だから死にたいと思うのは無理もない、死を望んでもいい——そんなお墨付きをもらった気分だった。わたしは堂々と死んでいい。そう、堂々と。

ところが、いざ真っ白の便箋を用意してお気に入りの万年筆を構えると、また過呼吸の前兆に襲われた。どうにか治まるのを待ち、再びこわごわと万年筆を握ったところでの、寺井からの着信だったのだ。

電話は呼び出しを続けている。佳織は画面を見つめたまま硬直している。つらいことや相談したいことがあったら電話して。自分が告げた言葉が頭に浮かぶ。死にたくなったら——小姫の言葉までも浮かんでくる。

でも、そんなことがあるだろうか。佳織の気持ちなど寺井にはこれっぽっちも届いていなかったのに、彼女が佳織を頼るとは考えにくい。万が一そうだったとしても、あんな形で裏切っておいていまさらだなんて、虫がよすぎる。

動けずにいるうちに着信音は絶えた。真っ白の便箋に、万年筆のインクの染みができていた。

久しぶりの故郷は、仕事で訪れたいくつかの地方都市と大差なかった。スガが住んでいたころとほとんど変わっておらず、印象的だったことといえば、バイパス沿いの回転寿司店がラーメン店になっていたくらいか。

スガが暮らしていた円家の建物は、意外にもそのままの形で残っていた。昔ながらの日本家屋。庭木は不恰好に伸びているが、ほかに荒れた様子はない。

隣家に話を聞きに行くと、子どものころから双子を知っていたおばさんが、目に涙を浮かべて出迎えてくれた。遠方の施設に入った祖母はまだ生きていて、土地と家屋の売却はされておらず、家の管理は頼まれておばさんがやっているという。

「あんなことがあったら、出ていきたくもなるよねえ」

明らかに善意の言葉だったが、ざらざらしたもので心をこすられたような不快感を覚えた。愛想笑いで家の鍵を受け取り、少し離れたところで待機していたカトウを呼び寄せる。

玄関の鍵を開けると、靴脱ぎは当時と違って片付けられていたが、壁にかけられたカレンダーはそのままで、頭がくらくらした。制服姿の小姫が奥から飛び出してきそうだ。

——城太、おかえり！

小姫に抱きつかれるところまで想像する。それが現実ならよかったのに。

立ち止まったままのスガを無視して、カトウが先に家に上がる。

小姫の部屋は二階にあり、隣がスガの部屋だった。それぞれの部屋を隔てる襖がいまは開け放たれていて、ふたつの部屋はつながった状態だった。久しぶりに晴れたので、風を通すために隣のおばさんがしてくれたのだろう。

学習机にベッド、本棚、箪笥《たんす》。姉弟《きょうだい》の部屋の設備はだいたい同じだが、小姫の部屋は小姫の部屋だった。男女の違いというだけでなく、小姫ならではのセンスがそこかしこに見て取れる。あのころのままだ。そこに小姫がいないことを除けば。

カトウが小姫の机に近づき、引き出しを抜いた。機械的に中身の確認を始めるのを見て、スガも息をつき、彼に倣って箪笥に向かった。小姫の死の直後にもそうしたように。

結果も当時と同じだった。二時間後、スガはベッドに体を投げた。

「カトウさんの目から見て、どう？　おれにはやっぱりなんにもわかんないや」

畳の上に、小姫の遺したすべてがさらけ出されている。ノート、漫画、友達との交換メモ、洋服、下着や生理用品に至るまで。

「この部屋で調べられる範囲では同意見だ」言って、カトウは鴨居《かもい》をくぐってスガの部屋に入った。机に置かれたノートパソコンに手をかける。

「なにすんの？」

「彼女といちばん親しかったのはおまえなんだろ。おまえを調べるのは当然だ」

「おっしゃるとおりで」

プライバシーを主張できる立場ではなかった。〈さんず〉はそもそも依頼人のプライバシーも踏みにじっている。

「だったら、おれは手をつけないほうがいいね？　もし自死の原因がおれにあった場合、証拠を隠滅しちゃうかもしれないし」

「いまさらその必要はないし心配もしてないが、やりたくないなら出ていてもかまわない」

スガはベッドから起きあがり、畳に足を下ろした。パソコンが起動し、パスワードの入力画面が表示される。

「パスワードは、05madoka24。机の下の段ボールに突っこんである古いパソコンも共通。数字はおれと小姫の誕生日」

「セキュリティ、緩すぎないか」

「いまと違って、ごくふつうの高校生男子だったんだよ」

スガは立ちあがり、部屋の外へ向かった。

「ちょっとそのへん歩いてくる。ついでに食べもの調達してくるよ」

カトウは片手を上げて、了解のサインを示した。

ひとりで玄関を出たスガは、しばし家を見上げたあと、近所に一軒しかないコンビニを目指してぶらぶらと歩きだした。コンビニに限らず、食べ物が買える店はみんな線路の向こう側にある。家からそこへ行くには、あの歩道橋を渡らなければならない。

小姫と毎日、行き帰りした道をたどって。

胃が重くなるのを感じながら、歩道橋の階段を上った。無人だ。空がいやに広く感じられる。上りきり、視線を手すりの下に向ける。赤茶色の線路が延びている。

あの日の光景がよみがえる。線路の上に広がった、赤と黄色。

――なんで。

理由を探すことに意味などないと思っているのは本心だ。それでも、疑問と後悔はずっと消えない。どうしてあのとき、彼女から目を離してしまったのか。見ていたら、止められたかもしれないのに。

だれかが階段を上ってくる足音が聞こえて、スガははっと我に返った。自分が立ち止まっていたことに気づき、再び歩を進める。

歩道橋を渡って十分ほど行くと、あの民家があった。昨夜の夢に出てきた空き家。あの日、小姫が猫を見たと言って足を止めた場所。

近くの電柱に表示された町名と番地が目に入ったとき、ふと引っかかるものがあった。この文字と数字に見覚えがある気がする。

その正体に気づいたのと同時に、ジーンズの右ポケットでスマホが着信を告げた。カトウからだ。

「はい？」

「パソコンのパスワードは全部同じだと言ったな。一台ロックが外せないものがある」

「え？　そんなはずないよ」

「廊下の突き当たりにある納戸の奥にあった、黒のモバイルPCだ」

「え……」

そのパソコンには覚えがあるが、そんなところにしまった覚えはない。ほかのものと一緒に机の下の段ボールに入れておいたはずだ。

「パスワードが不明でも、おまえなら外せるな」

佳織の部屋をカトウが訪ねてきたのは、前回の訪問から三日後の昼下がりのことだった。

カトウはひとりだった。スガは遅れてくるか、来ないかもしれないという。訊かなかったが、おそらく別の仕事があるのだろう。この世は不公平で残酷で、死にたい人間なんていくらでもいるはずだから。

今日も雨が降っていて、カトウのスーツや鞄には雨滴が光っている。カトウは前回と同じくテーブルにつき、佳織も今度はその向かいに座った。単身者向けのマンションなので、平日の昼間は留守の家が多く、自分の鼓動が聞こえるほど静かだ。

口のなかがからからなのは、緊張しているせいだろう。男性を部屋に上げることだけが理由ではない。小姫の自殺の動機を知ることに対する期待と不安の入り混じった緊張と、そしてなにより、ついに死を迎えるのだという緊張。

「では、ご依頼の件についてご報告します」

こちらの胸中を知ってか知らずか、カトウはさっそく本題に入った。椅子の上で体を小さくして身構える佳織を、テーブルに置かれたカッパの瞳がじっと見つめている。

「円小姫はなぜ自死したのか。調査の結果、当時、彼女の身辺に外形的な問題は見当たりませんでした。そこで遺品であるモバイルPCを精密に解析したところ、彼女がある種の映像作品を頻繁に視聴していたことが判明しました。スナッフフィルムと呼ばれるものです」

「スナッフ……？」

「実際に殺人がおこなわれる様子を撮影した映像作品です」

殺人？　ぎょっとして、喉が奇妙な音を立てた。

「実際にって……フィクションじゃなくて現実に、っていうことですか？」

「はい」

「そんなの、なんのために」

「娯楽の用途で製作され流通しています」

娯楽。人が殺されるのを見ることが？　猟奇趣味とか残虐趣味とかいうものだろうか。佳織を食いものにしている男たちのなかに、行為の最中にかみついてこちらが痛がるのを喜ぶ者がいるが、それと似た感覚なのか。まったく理解できない。

「なんで小姫ちゃんが……」

「愛好者だったようですね。ＰＣの履歴から、海外サイトを通じて動画を購入していたことがわかっています。高額の料金は祖父母の財布から調達していたと思われます」

なんと言っていいかわからないでいると、カトウは持参したバッグからモバイルＰＣを取り出した。それが件《くだん》のパソコンだというが、黒という色は小姫のイメージにはそぐわない。

「弟である円城太が使わなくなったものを、ひそかに使っていたようです」

カトウは動画フォルダを開き、いちばん上に表示されたアイコンをクリックした。

映像が始まって数分もしないうちに、佳織は耐えられなくなって口を押さえた。あまりのおぞましさに、胃液がこみ上げてくる。

「こんなの嘘。小姫ちゃんじゃなくて、あの弟が買ってたんじゃないの？　もともと弟のパソコンなんでしょ」

「では、こちらをご覧ください」

カトウは別のフォルダを開き、またアイコンをクリックする。

『八月八日、午後十一時十四分です』

パソコンから流れてくるひそやかな声に、聞き覚えがあった。「小姫ちゃん……」

カメラが捉えているのは、知らない老女の顔だった。眠っているのだろう、小姫の声に反応する様子はない。

『大事な大事なババ。いつ死ぬんでしょうか。悪いことだってわかってるけど、わたしはドキドキが止まりません』

くすくすと笑う声に、心臓が冷たくなっていく。

『ジジのときは見逃したけど、ババのときは絶対に見届けたいって思います』

もう充分だろう、というように、カトウはウィンドウを閉じた。

「円小姫は人の死に強い興味を抱いていた。異常性癖と呼んでいいレベルの」

佳織にはとても信じられなかった。あの明るくて優しい子が。きれいで頭もよくて人気者に違いない、光のなかで生きているような子が。あまりに予想外の話に、頭も感情もついていかない。

ふと、ある可能性に思い当たり、血の気が引くのを感じた。

「待って。じゃあ、小姫ちゃんがわたしに声をかけてくれたのは……」

予備校の屋上に侵入するのを目撃したと言っていた。

「あなたが死にそうだと思ったからでしょう」

淡々とカトウは言う。

「小姫にとってあなたの死は特別だった。老人の自然死とは違う。健康な同世代の人間がみずからを殺すというのだから」

――死にたくなったら、わたしに言ってください。

じゃあ、あれは。体が震えだす。

止めてくれているのだとばかり思っていた。死なないでと望んでくれているのだと。

そうじゃなかった。小姫は佳織が死ぬところを見たくて、そう言ったのだ。

「小姫は歩道橋から飛び降りる十分ほど前に、ある空き家を見て『マジか』とつぶやいています。その空き家は、あなたのかつてのご自宅でした。あなたは小姫に告げることなく引っ越しをされたのでしたね。あなたの死を楽しみに待っていた小姫は、さぞ落胆したことでしょう」

自分でも驚いたことに、そのとき佳織のわななく唇からこぼれたのは笑い声だった。

ひどく空虚な、乾いた笑い。

小姫にとって佳織は、自分のゆがんだ欲求を満たすための獲物だった。国枝と同じ。

その友人たちと同じ。寺井乃愛や生徒たちと同じ。いじめた連中と同じ。自分の喉から、獣じみた叫びが迸《ほとばし》った。喉を切り裂くような雄たけび。体じゅうの血液が沸騰している。

浴室へ駆けこみ、蛇口を全開までひねった。キッチンに取って返し、ありったけの睡眠薬を包装シートから取り出していく。カウンターに散らばった錠剤を、わしづかみにして口に放りこんだ。指の隙間や唇の端からこぼれた分も、すぐに拾って口に押しこんだ。冷蔵庫を開けて二リットルのミネラルウォーターをひっつかみ、じかに口をつけて飲む。勢いよく流れ出した水が、顔や首や胸を濡らして落ち、びちゃびちゃと音を立てる。

中身が残ったペットボトルを床に捨て、カウンターに手をついてよろめく体を支えた。自分の荒い息づかいと、心臓の鼓動ばかりが大きく聞こえた。手首の傷がうずいて、早く早くと訴えている。あとはバスタブに水がたまるのを待つだけだ。手首を浸してカッターで切れば、今度こそ死ねる。

最期に思い浮かべるのはだれの顔だろうと想像してみたこともあったが、いざ最期が迫ってみると、だれの顔も浮かばなかった。すべての記憶はどぎつい原色の渦になり、頭のなかで混じり合ってぐちゃぐちゃになる。これが自分の人生か。ただ汚いだけで、なにもない。二十五年も生きてきたなんて嘘みたいだ。

その二十五年がもうすぐ終わる。あと十数分もすれば。

終わる。なにもかもが。

次の瞬間、佳織は口のなかの錠剤を吐き出していた。カウンターに広がった水たまりに、まだ形を保ったままの錠剤が飛びこんだ。

佳織はとっさにカトウを見た。カトウは苦い顔で佳織を見つめている。

「あ、あはは……」

なにをやっているのだ。佳織は吐き出した錠剤をかき集めようとするが、どういうわけか指がうまく動かない。なかなか拾えず、やっと拾ったと思ったらまた落としてしまう。

「……心残りが解消されても、まだ恐ろしいようですね」

カトウの声に、肩が大きく震えた。錠剤が床に転がり落ちた。

「違う、違うんです」

佳織は床に這いつくばり、水浸しになった錠剤を拾った端から口に入れた。しかしすぐにまた吐き出してしまう。

「なんで」

涙と鼻水と唾液があふれる。何度やっても同じことの繰り返しだ。錠剤はすでにべちゃべちゃになって溶けかかっているが、ひとつも佳織の体内には届いていない。気がつくと、目の前にカトウの足があった。彼の靴下にも飛沫《ひまつ》が飛んでいる。

「ごめんなさい、わたし、ごめんなさい。本当に死にたいんです、嘘じゃないんです」

「あなたの本心は……」

カトウがなにか言いかけたとき、玄関のチャイムが鳴った。佳織はびくっと震え、息を止めて玄関のほうを見つめた。ドアが静かに開かれる音。履物を脱ぐ音。部屋に入ってきたのは、青白い顔のスガと、見知らぬ和装の老婦人だった。彼女の腕には〈さんず〉のマスコット、サンチャンが抱かれている。

「はじめまして。〈さんず〉から参りました、サクマと申します」

「どういうこと？」

「どういうことだ？」

自分の声とカトウの声が重なり、スガは困惑した。

「カトウさんがおれを呼んだんじゃないの？　サクマさんに現場に行けって言われた

から、てっきり……」

サクマは佳織に挨拶したあと、スガのほうへと体の向きを変え、袂《たもと》から取り出したものを差し出した。なにかと思えば、すっかり見慣れた〈さんず〉への招待状だ。

「なにこれ」

「スガくん、あなた、死にたいのでしょう?」

唐突に、けれどやわらかな口調でサクマは言った。

「……は?」

「サイトからの申し込みは省略してかまいません。いまこの場で直接、受け付けます」

なにかの冗談か、それとも佳織に対するなんらかの仕掛けだろうか。いや、どうでもいい。小姫のせいで思考が死んでいる。

「いや、意味不明だわ。おれは死にたくなんて……」

言葉の途中で、キッチンの床に這いつくばった佳織の姿が目に入った。周囲には大量の溶けかけた錠剤が散らばっている。どうやら死にあぐねているらしい。いつものスガならなにかしら調子よく声をかけるところだが、いまはそういう気分にはなれない。

「それに、悪いけどやっぱおれ、いまは仕事できる感じじゃないんだよね」

自分のことでせいいっぱいだ。依頼人なんて知るか。一刻も早くこの場から立ち去って、ひとりになりたい。

背を向けかけたところで、サクマの腕のなかのサンチャンと目が合った。

「あなたはもともと依頼人候補だったんです」

穏やかな声音も表情もそのままにサクマが言う。いや、わずかに眉の下がり方に憐《れん》憫《びん》の情が見て取れるか。

「なに言って……」

「あなたは振り込め詐欺で警察に捕まりそうになり、逃げる途中で私に声をかけられた。なぜそんなことが起きたと思いますか？　分析チームによって数多くの潜在的自殺志望者のなかからピックアップされ、事前調査を行っている最中だったからです」

分析チーム。ピックアップ。事前調査。〈さんず〉は依頼人に声をかける前に、ほとんどの調査を済ませている。その瞬間、背筋がぞわっと寒くなった。

「捕まったらもったいないと思いました。だから社員として内部に引き入れたんです。事前調査の続きをするために。そしてついに、カードを渡すときが来ました」

自明の理を説くような話しぶりに、うっかり納得しそうになる。すんでのところで、スガは首を横に振った。

「違う。おれはそんなんじゃない。死にたいなんて思ってない。おれには自殺者の顔を見てやるんだっていう目的がある」

最後に見た小姫は後ろ姿だった。顔は見ていない。

「詭弁《きべん》ですね。そもそもあなたは、自殺幇助業者として働きながら、本当は依頼人に死んでほしくないと思っている」

「そんなわけ……」

「たんに事実の話をしているんです。最後の晩餐というサービス。あなたは無自覚のうちに、好きな食べ物が依頼人を生に引き留めるかもしれないと、淡い望みをかけていた。そうでなければ、これから死のうという人間に無邪気に食事を作ってやるなんて、そんな残酷な真似ができるわけがない」

スガは絶句した。

「しかし、あなたが依頼人たちの好む食べ物を作ってやっても、彼らのほとんどは死を選ぶ。食べ物などで引き留められないことを、あなたは経験で理解している。苦しいでしょう。それでもその行為を続けるのは、あなたの心が破綻している証拠です」

告げられた内容を、スガの脳は処理しきれなかった。自分は〈さんず〉のエージェントでありながら、同時にターゲットでもあったということ。それは理解した。それから——なんだって？　おれが依頼人たちに生きてほしいと思ってる？　で、自分自身は死にたいと思ってる？

なんだよ、それ。文句を言いたかったが、気力が湧かなかった。思考や感情の線がぶつぶつと切断されていて、まともにものが考えられないし、自分がなにを感じているのかもよくわからない。小姫の秘密を知ってからずっとだ。

小姫に目の前で死なれて以来、永久に塞がらない穴の縁に立ち尽くしている気分だった。まさか、その穴のなかから、あんなにも受け入れがたいものが這い出してこようとは。

小姫は、人が死ぬところを見たかったのか。つまりはスポンサーたちの同類か。殺靄がかかったような頭のなかに、無数の顔が浮かんだ。スガが自殺を見届けた、殺した人々の顔。峰岸の顔。奈々の顔。自分の顔。

すべての顔がぐちゃぐちゃに混じり合い、小姫の顔になる。永遠に失われたはずの顔が、すぐそこに見える気がする。黄色いマフラーを巻いて宙に浮かぶ、かわいらしくておぞましい化け物。

こんなものの——なにもわからなくなる——ために——なにも考えたくなくなる

——おれは——なにも見たくなくなる——底の底まで落ちたのか。

おれはおまえとは違う！　おれは人の死ぬ姿なんて見たくはなかったんだ！

絶叫する心とは裏腹に、予期せず唇からこぼれた声は平板で弱々しかった。

「……死にたい」

たった四文字の、何度も聞いてきた言葉。それが自分の口から出たことに、体が震えた。小姫を失ったあの日、あの時間から、スガにひっそりと寄り添ってきた感情。

サクマに指摘されるまでもなく、本当はずっと気づいていた。

サクマがカトウとその後ろにいる佳織に視線を向ける。

「こちらの真野さんも死にたがっているけれども死ねずにいる。真野さん、睡眠薬をスガくんにも分けてやってくれませんか？　ふたり分は充分にあるでしょう」

「え、それって……」

佳織がおどおどとサクマを見上げる。

「心中をご提案しているのですよ。ひとりで逝くのが怖いなら、ふたりで逝けばいい。単純な話です。それから、本気で切るならカッターではなく包丁を使ったほうがいいですよ」

雑な提案だな、とスガは思ったが、佳織の心には響いたようだ。ぐしゃぐしゃに汚れた顔に徐々に赤みが差し、ゆっくりとスガに向けられたまなざしには期待がこもっていた。

「……いいんですか？　一緒に死んでくれるんですか？」

「ええと……いいよ」

答えてしまってから、自分の言葉にぞっとする。欲望そのものがしゃべっているかのようだ。

でも、まあいいか。おれマジで死にたいし。

そう思ったら、官能めいた衝動が体の奥からこみ上げてきた。行こう、行こう、行こう、気持ちのいいところへ。

曇り空のようだった心が、急速に晴れていく。スガはすたすたとキッチンへ入っていくと、佳織の吐き出した錠剤をつかんだ。料理が好きだったのは本当なのに、最後に味わうのがこれかあ、とぼんやり思う。

呑みこもうとした瞬間、乱暴に手をはたかれて錠剤を取り落とした。

カトウだった。

自分でも驚いたような顔をしているカトウに、サクマがおやおやとほほえみを向ける。まるで聞き分けのない子どもを相手にするように。

「カトウくん、なにをやっているんですか？　スガくんはみずから死を望んでいるのに」

「……とっておきの依頼人候補だというのに、ずいぶん性急に事を進めたものだ」

「むしろ遅かったくらいですよ。あなたまでスガくんの影響を受けている」

そのとき、スガはジーンズのポケットでスマホが震えているのに気がついた。左ポケットだから、プライベートのほうだ。

「これから死ぬのにだれかと話す必要はないですよ。それはこちらに」

サクマが差し伸べた手を、カトウが腕で払いのけた。サクマは笑みを保ったまま眉を上げ、抱えていたサンチャンを静かに食器棚の上に置いた。

「奥さんの自死を止めてしまったことを、あなたはずっと悔やんでいたではないですか？　最終的に彼女が亡くなったとき、もっと早く死んでおけばよかったと遺書に書き残されて、仕事を続けられなくなるほどの傷を負ったはず。その過ちを繰り返すつもり？」

カトウはサクマから目を離さないまま、スガを彼女から遠ざけるように押しやった。

「電話を取れ」

「え？」

「電話を取れと言っているんだ。早くしろ」

スガは言われたとおりにスマホを取り出し、相手を確認する余裕もなく通話ボタンをタップした。いまの自分に電話なんかくれるのは……

「城太くん？」

予想どおり、かけてきたのは奈々だった。のんきな声。それでいて切実な呼び声。

「モツ煮作ってくれるって言ったじゃん？」

うん、と答えたとき、カトウの大きな体が目の前で崩れ落ちた。サクマの手にはいつのまにかスタンガンが握られている。佳織がひっと声をあげて縮こまる。

スガはとっさにキッチンにあった包丁をつかんでサクマのほうへ向けた。近づいてこようとしていたサクマの動きが止まった。それぞれ包丁とスタンガンを構えてにらみあう。いや、にらんでいるのはスガだけで、サクマの表情には余裕があるか。

「でもさ、城太くん自身の得意料理って聞いたことなかったよね」

「……そうだね」

サクマと目を合わせたまま奈々に答える。

「なんかオシャレ料理作りそう。オシャレ料理って具体的にわかんないけどさ」

「ひとりだったらふつうにインスタントラーメンとか食うよ。素ラーメンで」

「やだあ。素ラーメン出されたらドン引きなんだけど」

ふいにサクマがスタンガンを持った手を下ろした。スガの様子を観察しての判断なのか、通話を妨害するのはあきらめたようだ。切り替えはあっさりとしたもので、残念そうでも悔しそうでもない。スタンガンが元どおり袂にしまわれても、スガのほうは警戒態勢を崩さなかった。

「いろいろできるけど、特に好評だったのはグラタンかな」

はじめて作ったとき、小姫はとても喜んでくれた。おいしい、こんなの作れるなんて城太は天才だね、と宇宙最高にかわいらしい笑顔で。それこそがスガの——城太の小姫だ。あの日からグラタンは小姫の好物になり、城太の得意料理になった。

「スイーツじゃなくてよかった。じゃあ、またね」

脈絡なく唐突に、奈々は会話を終えようとする。

それでいい。ありがとうと思う。

「今度はおれの話も聞いて」

いいともだめだとも、奈々は言わなかった。

通話を終え、スマホをポケットにしまう。慎重に包丁を置き、サクマに向かってきっぱりと告げる。

「ごめんね、サクマさん。死ぬ気なくなっちゃった」

「気分の波が激しいですね。じつに死にとりつかれた人間らしい」

そうかもしれない。数分後にまた死にたくならないとは言いきれない。だとしても、いまのスガにそんな気はなかった。奈々からの電話が、呼び声が、スガを生につなぎとめたのだ。なるほど、それで「電話に出ろ」か。

カトウが低くうめきつつ、ゆっくりと半身を起こした。カトウさん、とスガは話しかける。

「小姫が自死した動機は、真野さんの引っ越しがショックだったからって話だったよね?」

「ああ、特別な獲物である彼女に逃げられて、ひどく落胆したんだ」

「そうじゃなかったかもよ」

「なに?」

「小姫は真野さんに逃げられたことに落胆して死んだんじゃなくて、落胆してしまった自分に絶望して死んだんだよ」

「意味がわからん」

「小姫は人の死を見るのが好きなド変態だったんだろうけど、同時にイケてる女子で優等生で人気者だった。そんななにもかも持ってた人間が、世間から認められない性癖について、まったく悩んでなかったと思う？　ただ能天気に変態趣味を楽しんでたわけがない。だからこそ、べったりの弟にもそのことは隠してたんだよ。小姫はいつも苦しかったはずだ。死にたいくらいに」

サクマがため息をついた。

「それはあなたの想像ね。そんな根拠はどこにもない。経験上、教えてあげられることですが、倫理的客観性が欠如した人間というのはふつうに存在しますよ」

「でしょうね。でも、おれはそう思うことにした。そう信じることにした。結局のところ動機なんて、死んだ当人にしかわからないし、死んだ当人にだってわからないのかもしれない。〈さんず〉が万能のつもりですべてを見透かして、すべてを消費しようとしても、そんなことは不可能なんだ。だけどおれが生きているかぎりは、いくらでも都合よく考えることができる」

「逆も言えますよ。いくらでも悪く考えることもできるし、そもそも彼女の自死の事実そのものが、これから先もあなたを苦しめつづける。死ねば解放されます。小姫さんや依頼人たちのように」

「サクマさんは死んだことあるの？」

「屁理屈《へりくつ》ですね」

「屁理屈くらいねじ伏せてみろよ！」

生まれてはじめて高齢者を怒鳴りつけた。彼女がどういう女性か知っているのに、不思議と恐怖は感じなかった。

「死ねば解放されるなんて、生きてるかぎり証明できないし、死人にも証明できない。そんな選択に、たった一回きりの人生を賭けたくない。ていうか、心がずたぼろで、まともな判断力もなくなってる状態で、なにが選択の自由だよ、そんな自由なんて嘘っぱちの偽物だ！　選べる商品は一個だけ、しかも最悪ショボいなんて、そんなカタログギフトだれがいるかよ。おれにはあんたらの用意した、親切ごかした押しつけを拒否する自由があるんだよ。これがおれの選択だ！」

カトウが膝に手をついて立ちあがり、サクマを見据えた。

「たしかに俺は、妻の自死を止めたことを深く後悔している。いたずらに苦しみを長引かせただけだと思っている。身勝手にも妻の自己決定権を妨げてしまった。妻にとって生きつづける理由はもはやなにもなく、逆に死ぬべき理由はたくさんあった。最終的に、彼女は彼女にとって価値がある選択をしたと思っている。俺は彼女の選択を尊重する」

蝶のコレクターからの依頼のとき、「ツレが蝶を好きで」とカトウがドルーリーオオアゲハの写真を撮りたがっていたのを思い出した。なるほど、そういう事情か。亡き妻に捧げる写真。

「だがあのとき、彼女がまだ生きてもいいと思えるようななにかが世界に存在していたとしたら？　それを見過ごし提示できなかったとすれば、自死を止めたことと同じかそれ以上に俺は後悔したはずだ。妻はもうその段階を通りすぎてしまっていた。スガと真野さんは、あのときの妻よりまだずっと手前に立っている。背中は……押せない」

「でしたら、この現場は私にゆだねなさい」

暴力に染まってもなお優雅なサクマの手が、今度は佳織に向かって差し伸べられる。

「だいじょうぶ。あなたの依頼は責任を持って処理します」

佳織のスマホが着信を告げたのはそのときだった。テーブルの端で忘れられたようになっていたのが、自分はここにいるとばかりに歌いだす。

キッチンの床から攻防を見つめていた佳織が、よろよろと立ちあがってテーブルに近づいた。スマホの割れた画面をおずおずと見下ろし、そのまま固まる。たちまち息づかいが荒くなり、背中が大きく波打ち始める。

スガはサクマに注意を向けたまま佳織の隣に移動した。上から画面を覗くと、表示されているのは寺井乃愛という名前だった。佳織の人生にとどめを刺した生徒だ。電話に出るべきかどうか、佳織はひどく迷っているようだった。指が画面の上をさまよい、近づいては離れ、離れては近づく。

「おやめなさい。自分のために」サクマが優しく、しかしきっぱりと諭す。

「出て」スガとカトウの声が重なる。

もう切れるのではというころ、佳織の指が触れたのは通話ボタンだった。無言でスマホを耳に当てる。相手も黙っているのか、声は漏れ聞こえてこない。

そのまま五秒ほど経過したとき、電話の向こうの声が漏れてきた。佳織の電話の設定ゆえなのか、こちらがとても静かだからか、少女の声が不安げに「真野？」と言ったのが、はっきりと聞き取れた。

佳織はなにも言わない。スマホを握る手の節が白くなっている。

真野、と寺井はまた呼びかけた。すがるような声だ。佳織から聞いていたのと印象が違う。

「国枝があたしに……」

ちゃんと聞き取れたのはそれだけで、あとはほとんど泣き声になった。激しくしゃくりあげているせいでなにを言っているのかわからないが、国枝が佳織にしたことを考えれば、だいたいの想像はつく。

半開きになっていた佳織の唇が閉じた。しばらくして再び開いたとき、その動きには意思があった。

「わたしにどうしてほしいの」硬い声音だ。汚れた眼鏡の奥の目に、厳しい光が宿っている。

返事はすぐにはなく、寺井がしゃくりあげる音だけが続く。

「……助けて」

消え入りそうな寺井の声を聞いて、佳織は電話を切った。

「……勝手なこと言って」

吐き捨てるようにつぶやき、スマホを壁に叩きつける。

「勝手なこと言って！　勝手なこと言って！　わたしの気持ちを踏みにじったくせに、わたしを裏切ったくせに、今度は助けろ？　どうせほかに相談できる相手がいなかったか、相談しても相手にされなかったかで、わたしのとこに来たんでしょ。わたしなら都合よく利用できると思って。ひとりじゃなにもできないくせにいきがって、ばかじゃないの。クソガキ！」

佳織は歩き回りながら怒鳴り散らした。激しく唾が飛んでいる。

「いたましい」

サクマは憐《あわ》れみに満ちた目で佳織を、それからスガとカトウを見た。三つの人生を見透かすようなまなざしだった。

「これでも背中を押してやるべきではないと？」

「あんな子なんか……」

佳織の声がふいに詰まり、言葉が途切れた。両目から、ぼろっと涙があふれ出す。糸が切れたように、佳織はその場にくずおれた。毛髪や埃、それに血痕らしきものが目立つ床に、涙の雫が点々と落ちる。

「……死ねません」

鼻水を垂らしながら、佳織は声を絞り出した。

「ごめんなさい、わたし、死ねません……。死ねない……死にたくない」

スガたちに対して言っているというより、ひとりごとのようだ。自然に漏れてきた本心なのだろう。死にたくない、死にたくない、と無意識のように繰り返す。

たぶん、佳織が自分でもそうと気づかずに探していたものは、死ではなく生に向かって背中を押してくれるなにかだったのだ。それは自分を頼ってくれる生徒でも、その生徒の身勝手さに対する怒りでも、なんだってよかった。そう、死にたくなくなる理由はなんだっていい。
　またスマホが鳴った。佳織のではない。スガのでも、カトウのでもない。
サクマが帯のなかから手帳型のケースに包まれたスマホを取り出した。画面を見て
小さく息を吐く。
「……撤収します」会社からの指示だったようだ。
　彼女は自分が持ってきたほうのサンチャンを抱えた。
「そちらのサンチャンも持っていきましょうか？　どうせ邪魔になるでしょう」
　サンチャンは〈さんず〉のマスコットにして、高性能録画デバイスだ。当然のこと
ながら位置情報システムも内蔵されている。サンチャンがそばにある限り、エージェ
ントの行動は会社に筒抜けだ。
　カトウがサンチャンを手渡そうとするのを、スガは「ちょい待ち」と止めた。目で
理由を問われるが、いいからいいからと説明を省く。
　それではごきげんよう、と会釈してサクマはさっさと出て行った。彼女の足音がす
っかり聞こえなくなってから、スガはようやく息をついて佳織へと顔を向けた。
「依頼はキャンセルってことでいいね？」

佳織のつぶやきが止まり、少しの間のあとで首が縦に振れる。

「この段階での自己都合によるキャンセルでは料金の返還はできないけど、ＯＫ？」

それから、とスガはプライベート用のスマホを佳織に差し出した。画面には電話番号が表示されている。

「これ、おれの番号。話したくなったら電話して。また気が変わって死にたくなったときも。小姫相手のときみたいに遠慮しないで。絶対に出るから」

無言の相棒はと見ると、睡眠薬や包丁など自殺の道具になりそうなものを、段ボールの空き箱にまとめてガムテープで封をしている。それからバスルームへ向かい、ほどなくごぼっと水の抜かれる音が聞こえた。

さすが、仕事が早い。


佳織のマンションを出たのは夕方だった。夏が近づき日はどんどん長くなるものの、降りつづく雨のために、あたりは薄暗い。

ワンボックスカーの助手席に収まったスガは、後部座席を見た。佳織の家から持ってきた段ボール箱の隣にクーラーボックスが置いてあり、なかには完成間近のショートケーキが入っている。佳織の好物だ。まともに仕事ができる状態でもなかったのに、あとはデコレーションの仕上げをするだけの状態で持参していたのだった。おれって案外真面目、と思う。

「せっかくだし、おれたちで食べちゃう？　完成してないけど、味に問題はないからさ」

　ハンドルを握ったカトウに問う。

「正気とは思えないな」

「そう？　おれはここ数年でいちばん正気って感じ。そうだ、正気になった勢いでクソティーチャー国枝をお仕置きしとこ」

　スマホを操作して国枝の個人情報を呼び出し、ダークウェブの復讐代行サイトに貼り付ける。事前調査により、国枝には佳織以外にも大勢の被害者がいることが判明している。とりあえずは、専門家からの問い合わせを待つことにする。

　クーラーボックスを開け、ショートケーキとデコレーション用のいちごを取り出す。どうぞ、とカトウに差し出したが、一瞥すらくれなかった。

「あらためて気づいたけど、〈さんず〉ってすごい会社だよね」いちごをかじりながら言う。

「本気でおかしくなったのか？」

「だから、正気なんだって。なぜすごいかっていうと、〈さんず〉ならだれかが自殺する前に見つけて声をかけられるんだもんね。しかも自殺するのを躊躇《ちゅうちょ》している人にさ」

小姫は歩道橋から飛ぶときにためらわなかった。そういう種類の死を止めるのは難しいだろう。

「おまえ、このまま〈さんず〉の社員を続けられると思っているわけじゃないだろう」

「思ってないよ」

カトウはドリンクホルダーに突っ込まれたサンチャンを一瞥した。なんで回収させなかったんだと帰りのエレベーターのなかでも言われた。

スガはカトウのほうに身を乗り出し、耳元でこそっとささやいた。

「でも、会社を乗っ取ることはできるかも」

カトウは車を路肩に停めた。サンチャンをクーラーボックスに放りこんで蓋を閉め、ポケットから取り出した煙草をくわえて火をつける。

「たぶんだけど、しまったところで無駄じゃん?」

「だったら耳打ちなんかするな」

「たんに気分」

「で、どういう意味だ？」煙を吐き出しながら問う。

スガは指についた生クリームを舐め、再び口を開いた。

「サンチャンのなかに、おそらくは一時記録用の内部ストレージがあるでしょ。そのなかのデータを解析できたら、会社のサーバーの場所や、分析チームの手がかりがつかめるかもしんない」

「……サンチャンに聞かれてるぞ」

「だね。でも、意外と止めに来ないと思うんだよね。鑑賞用の素材として、おもしろいから。『自殺遺族／元〈さんず〉社員／離反者×2』」

「それはない」

「そうかな？　だってサクマさん、見逃してくれたじゃん。つまりは会社が見逃したってこと。会社、というか分析チームの判断基準は、スポンサーにとって価値があるか否かでしょ」

「絶対に無理な計画だと思うが、乗っ取ってどうする？」

「〈さんず〉をなぜすごいと思うかは、さっき言ったよね」

スガはフロントガラスのはるか向こうに目を向けた。雨粒のせいで見通しが悪い。

「『生きるべきか死ぬべきか、それが問題だ』ってやつ、あるじゃん」

「『ハムレット』か？　いきなりなんだ」

「だれかさんが生きるべきか死ぬべきか、おれには決められないけどさ。その人の、まだそこに存在する顔を見て、声を聞きたいんだ」

もしあの時間に戻れるとして。仮に小姫の動機が、カトウが語ったとおりだったとして。本当の小姫が自分の知る彼女とはまるで違っていたとしても。

おれはきみの、声を聞きつづけたい。

停まったワゴン車の横を、車列が通り過ぎていく。もう夕方。帰宅の時間だ。

カトウが煙草を吸い殻入れに突っ込み、ギアをドライブに入れた。

滑らかに発進した車内で、スガは思いきり背を伸ばした。

「どこでもいいからスーパー寄ってね。牛乳、バター、チーズにマカロニを買って帰らなきゃ。久しぶりのグラタンだから試作してみないと」

腹が減ったな、とカトウがつぶやき、そうだね、とスガは答えた。

この作品はフィクションであり、自殺幇助について
著者および編集部の意図を示すものではありません。

— 相 談 窓 口 —

「いのちの電話」
Ⓡ0570-783-556
（午前10時~午後10時）

Ⓡ0120-783-556
（毎日午後4時~午後9時、毎月10日午前8時~翌日午前8時）

「日本いのちの電話連盟」
https://www.inochinodenwa.org/

小学館文庫
好評既刊

超短編！ 大どんでん返し

小学館文庫編集部 編

ISBN978-4-09-406883-2

わずか４分で、世界は大きく反転する!?　アイドルの握手会で列に並んだ／ご主人ですと言って白木の箱を渡された／目の覚めるような美少女がドアの向こうに立っていた／妻を殺した容疑で取り調べを受けた／花火の夜、彼女が来るのを待っていた／幽霊が出るという屋敷を訪ねた……。日本を代表するミステリー作家がわずか「2000字」に仕掛けたまさかの「どんでん返し」！　忘れられない衝撃のトリックや心を満たす感動のラストなど、魅力満載の30編をお届けします。通勤・通学の途中に、家事の合い間に、スマホ代わりに手に取ればあなたは必ずだまされる!!

小学館文庫
好評既刊

超短編！ 大どんでん返し Special

小学館文庫編集部 編

ISBN978-4-09-407319-5

１話４分で読了！　ミステリー、ホラー、SF、時代、恋愛――多彩なジャンルの名手たちが、わずか2000字の〝超〟短編小説に挑む。男たちは雲を切り出す仕事をしている／久々にできた彼と食卓で向き合う／夫を亡くした女性に別邸へ招かれる／スランプに陥った作家が新たなアイディアを語る／好みのタイプの女の後をつける／ストーカーされていると相談を受ける／天保七年の敵討話を聞く／不幸をもたらすという指輪を鑑定する／疎遠な同級生からデビュー作が届く……。読後に待つのは衝撃の反転！　大ヒットアンソロジー第二弾、大満足の34編収録。

―本書のプロフィール―

本書は、二〇二二年六月に小学館より単行本として刊行された作品を加筆修正し、文庫化したものです。

小学館文庫

有《ゆう》限《げん》会《がい》社《しゃ》さんず

スーサイド・サポート・サービス

著者　降《ふる》田《た》天《てん》

二〇二四年十一月十一日　初版第一刷発行

発行人　庄野　樹

発行所　株式会社　小学館

〒一〇一-八〇〇一
東京都千代田区一ツ橋二-三-一
電話　編集〇三-三二三〇-五九五九
　　　販売〇三-五二八一-三五五五

印刷所――中央精版印刷株式会社

この文庫の詳しい内容はインターネットで24時間ご覧になれます。
小学館公式ホームページ　https://www.shogakukan.co.jp

ISBN978-4-09-407404-8